ざっぽん

插畫／やすも

因為不是真正的夥伴而被逐出勇者隊伍，流落到邊境展開慢活人生12

Banished from the brave man's group, I decided to lead a slow life in the back country.

Kadokawa Fantastic Novels

CHARACTER

雷德
（吉迪恩・萊格納索）

因為被踢出勇者隊伍而決定到邊境展開慢活人生。曾立下許多戰功，是除了露緹以外最強的人族劍士。

莉特
（莉茲蕾特・渥夫・洛嘉維亞）

洛嘉維亞公國的公主，曾為英雄的冒險者。沉浸在與心愛的人一起生活的滿滿幸福中且傲期已結束的前傲嬌。

露緹・萊格納索

擁有被神選上的「勇者」與心中產生的「Sin」這兩種加護的少女。目前已恢復人性，逐漸有所成長。

媞瑟・迦蘭德

擁有「刺客」加護的少女。身分是殺手公會的精銳殺手，不過現在暫時停工，與露緹一起經營藥草農園。

亞蘭朵菈菈

能夠操縱植物的「木之歌者」高等妖精。好奇心旺盛，漫長的人生由數不清的冒險故事點綴。

憂憂先生

媞瑟的蜘蛛搭檔。今天也在媞瑟身邊過著神采奕奕的每一天。最近常常和成為朋友的大型犬查理一起玩。

第一章
興趣廣泛的高等妖精失控亂衝

「我想造一艘船。」

這個高等妖精突然說些什麼呢？

還在進行開店準備時，亞蘭朵菈菈跑到我家裡來，沒有任何鋪陳就直接對我跟莉特這麼說。

現在的時刻還不到早上七點。

曆法上已經接近秋季，然而佐爾丹還是處於盛夏的炎熱當中。

我今天早上也是一起床就先清洗身子，沖掉睡覺時流的汗水。

「呃，妳打算造多大的船？」

「性能儘量拉高的冒險用船舶，目標是能環繞大陸一周的程度。」

「在佐爾丹應該造不出那種船吧～」

我對船舶一竅不通所以不了解，但目前應該沒有任何人成功繞行大陸一周。

「……妳要離開佐爾丹了？」

莉特如此問道。

當然了，既然提到想造船，就會覺得當事人要乘上造好的船航海。

不過……亞蘭朵莊莊大概不是那樣。

「不是喔，我只是想要造船而已。」

果然沒錯。

「咦？」

「咦？」

莉特和亞蘭朵莊莊面面相覷，偏頭表示疑惑。

「亞蘭朵莊莊是覺得想造船所以才要造船。想做的事就去做是她的目的，做了以後會有什麼利益都是其次。」

「哦～很有亞蘭朵莊莊的風格呢。」

莉特理解之後笑了出來。

「是前陣子去島上玩時受到的影響嗎？」

「沒錯！看見島民乘船跟打造漁船，我就又想要一艘屬於自己的船了！」

「亞蘭朵莊莊以前當過船長吧，對船舶也很熟悉呢。」

「真令人懷念啊……雖然我沒有加入造船工人一起造船，還是學習了不少關於船舶設計圖的知識喔。」

亞蘭朵菈菈以很有自信的模樣點了點頭。

嗯……

「那差不多是一百年前的事吧？」

我如此詢問。

「啊哈哈，沒有那麼久遠啦。而且要說最近，我大概五十年前也有一次參與了造船作業。」

「五十年前啊～」

阿瓦隆大陸的造船技術好像是在四十年前有過船帆的技術革新，使得帆船的性能大幅提升。

亞蘭朵菈菈還在跑船的時候，主流的帆船是單桅的柯克船，而軍隊和海賊主要使用的大型軍艦則是人力操縱的槳帆船。

維羅尼亞的黎琳菈菈將軍使用的槳帆船是八十年前的船型，然而現代軍隊的主流船舶是大型帆船。

帆船技術已經進步到足以自由操縱大型船舶。

「我知道雷德在想什麼。」

亞蘭朵菈菈面露賊笑。

「的確，我熟悉的帆船是船中央有桅杆，展開四角形的船帆，而且逆風時完全無法行動的船。」

「畢竟現在的船無論順風還是逆風，只要有風就能動了。」

船帆技術已經發展至無論風從哪個方向吹來都能推動船舶前進。

儘管也有運用魔法的船，但那需要仰賴具有特殊加護，並擁有一定實力的魔法師整天消耗魔力才能航行。而且那是很累的做法，就算輪流操船也無法持續好幾個月。

可以說是不需利用魔法的快速帆船登場後，才縮短了世界的距離。

「所以我才想造船看看呀。」

亞蘭朵菈菈用力強調。

「因為不清楚所以想要挑戰，因為現在做不到所以想要變得做得到。所謂的興趣不就是這樣嗎？」

「好耀眼。」

最近藥草店的經營穩定，也沒有遇到什麼大事。對於因此悠哉度日的我來說，那句話真的太耀眼了。

「雷德也是努力地開心過生活喔，要抱持自信！」

「莉特，謝謝妳……」

獲得莉特的安慰後，我總算提起精神。

「所以妳具體上有怎樣的計畫？」

「資金會運用我擁有的財寶，這點不必擔心，首先要做的就是收集知識呢。」

「亞蘭朵菈菈道具箱裡的資產應該比佐爾丹的國家預算還要多吧。」

不過問題在於知識。

「可是佐爾丹的造船廠只能打造小型船耶。」

儘管位置靠海，佐爾丹的海上貿易船都是在外國打造。

佐爾丹這裡沒有造船廠能打造足以長期航海的船。

「不過這裡也有別國移居過來的造船工人，說不定至少會有人曾經打造過最先進的船舶。週末要不要去商人公會問問看？」

「抱歉，週末是挑戰佐爾丹競技場冠軍的日子。」

「咦？」

「我正在研究沒有武器、魔法和技能，連『武鬥家』那種武術系加護都沒有的狀況下，無論是誰都能戰鬥的格鬥術。」

原來她想做的事情不是只跟造船有關。

「亞蘭朵菈菈的興趣真的很廣泛呢……」

＊　＊　＊

傍晚。

「原來亞蘭朵菈菈說了那樣的話啊。」

坐在我身旁的露緹如此說道。

桌上有歐姆蛋和雞湯。

除此之外還有鬆軟的核桃麵包，以及當作甜點的水果切塊。

水果盤上排列著西瓜、鳳梨，還有香蕉，都切成容易入口的大小。

「雷德今天做的菜也很好吃呢！」

莉特大口吃著歐姆蛋，帶著笑容說道。

今天的晚餐也大受好評，我很開心。

「話說她突然就說要造船，嚇了一跳呢。」

我面露苦笑同意莉特說的話。

「亞蘭朵菈菈的個性就是想做什麼就會立即行動嘛，而且她也有足以實現心中想法的能力。」

「本來以為她要去造船廠，結果卻說要去競技場參加錦標賽，害我差點跌一跤。」

莉特似是覺得很有趣地笑著。

那種不按牌理出牌的個性想必也是亞蘭朵菈菈的魅力吧。

高等妖精一般不會離開祈萊明王國，而我以前也認為高等妖精是很沉穩的種族，所以隨著對亞蘭朵菈菈的認識愈來愈深，她和心目中形象的落差讓我十分驚訝，而且那份驚訝也讓當時年紀還小的我樂在其中。

「既然亞蘭朵菈菈要挑戰冠軍……嗯～雖然覺得她赤手空拳也會輕鬆獲勝，但機會難得，我們還是去為她加油吧。」

「不錯耶～」

也做個便當吧。

感覺假日在競技場邊吃熱狗邊觀戰也滿開心的。

不過我還是騎士的時候天天過著充滿血腥的日子，沒有連假日都去看人戰鬥的習慣就是了。

「「對了，說到競技場——」」

只見莉特和露緹異口同聲。

她們倆訝異地面面相覷。

「呃，那莉特先講。」

我催促她們推進停下來的對話。

「嗯，競技場的喬先生還滿在意藥水庫存不夠的事情。他有提到秋天會舉辦各種慶典，使用競技場的人也會變多，藥水卻沒辦法進貨。所以他拜託我通知雷德，如果你有辦法幫忙張羅，就會全部按照你開的價格購買。」

「原來如此，那麼我明天送藥到中央區的診所時順道去問他。」

「嗯！」

居然在白天去買東西的時候也能接下訂單，真不愧是莉特。

「那露緹有什麼事呢？」

「亞蘭朵菈菈比賽那天，我也會出賽。」

「「咦？」」

這次輪到我跟莉特異口同聲。

「不不不不。」

我不禁像個壞掉的玩具瘋狂搖頭。

畢竟不用想也知道吧？

要是露緹在佐爾丹競技場出賽，武器也好，魔法也好，赤手空拳也好，無論使用什麼規則都肯定會出事。

「那跟哥哥和莉特想像的比賽大概不太一樣。」

「是、是這樣嗎？」

「我是以年輕組的孩子們為對手進行表演賽。」

「啊～我懂了，有人委託B級冒險者露緹讓孩子們留下美好的回憶吧。」

佐爾丹競技場的競技，有以尚未接觸加護的孩童為對象的年輕組。

比賽中不能運用打擊招式，只能以拋摔將對手摜倒在地，壓在對方身上便能取勝。

那是屬於嬉戲範疇的輕度競技，不過規則方面還是有經過設計，能讓人領會到實戰時摜倒對手後，以刀刃刺擊了結對方性命的對人戰鬥技術。

「我那個時候都沒有這種委託耶……」

如此說道的莉特似乎感到不滿。

「畢竟還是冒險者的莉特滿我行我素，舉止和一般的冒險者不太一樣，他們應該不曉得那樣的莉特適不適合這種和平的委託吧？」

「真的假的！」

莉特睜大眼睛，一副大受打擊的樣子。

「我還以為自己是平易近人的英雄莉特呢。」

「畢竟市民的夥伴與平易近人不太一樣呀～」

「……我也來突襲競技場好了。」

「別這樣。」

感覺會演變成比亞蘭朵菈菈出賽更嚴重的事態。

「唔～」莉特以不滿的模樣低吟。

「而且露緹本來就常常跟孩子們一起玩，大家也都知道她喜歡小孩子吧。」

不過與其說露緹喜歡小孩，應該說她小時候沒玩過像個孩子的遊戲，現在才會跟佐爾丹的孩子們一起玩當時沒辦法玩的遊戲。

露緹來到佐爾丹之後以冒險者身分接過工作，以及在對抗維羅尼亞王國的戰爭中大展身手，後來好像也有在議會提供意見，因而得到佐爾丹英雄的名氣。

同時對孩子們而言，她也是個很會玩遊戲的夥伴，因此受到親近。

露緹會接到這個委託，也是因為有過這些事績，希望她可以和孩子們留下美好的回憶吧。

「好吧！既然這樣，我們也得去幫忙加油打氣嘍！」

「哥哥你們會來為我加油嗎？」

「當然啊，既然露緹要出賽，沒理由不去捧場吧。會做便當幫妳加油喔。」

「好高興。」

露緹的臉上綻放笑容。

她表情比起以前生動許多。

夏天去島上旅行，似乎對於露緹的心靈有了良好的影響。

假如還是勇者時代的露緹，我根本不覺得她會為了跟孩子們進行表演賽而參加競技場的競技。

「在便當裡多下點工夫吧。」

這可是妹妹大展身手的場面。

為了讓她留下美好的回憶，我當然要以哥哥的身分好好努力一番。

開始期待週末了。

……如此這般，亞蘭朵菈菈想造船一事先被我拋在腦後。

＊　＊　＊

隔天。

我到位於中央區的克里斯托弗診所送完藥後，前往競技場。

競技場位在中央區東側。

我所居住的平民區正式名稱是南區，位於佐爾丹南側。

因為位在比中央區更下游的地方，所以是平民區。

會光顧藥草店的客人除了平民區居民以外，也有很多西側港區的勞工和北區的冒險者，不過與中央區東側沒什麼緣分。

「呼，佐爾丹的夏天可真漫長呢。」

我在樹林中的道路行進。

由於夏季活力而一片翠綠的草木侵蝕了碎石鋪成的道路。

這一帶是為了生產佐爾丹所需木炭而經過植林的土地。

這片樹林是人工造林，是從國外引進生長迅速的樹苗種植而成。

穿越樹林繼續沿著道路前進，就能看見開闊的地域有個以木頭柵欄圍住的廣場和木製長椅。

那就是佐爾丹競技場。

儘管與王都的巨大競技場給人的印象完全不同，不過這才是一般的競技場。

附近有收容怪物的建築物。

競技場原本的用途，就是盡可能讓人安全提高加護等級的設備。

如果要讓加護等級有效率地成長，就得和加護等級與自己相同或是高於自己的對手戰鬥。

可是與那樣的對手戰鬥，喪命的可能性也會隨之提升。

儘管戴密斯神的希望似乎是生命與生命之間對等進行賭上性命的戰鬥，但人類是會動腦筋的生物。

在強大的戰士和治療師可以隨時出手搭救的狀況，和強度適當的怪物戰鬥。

就是為了安全提高加護等級，才會有競技場這種設施。

由於有這樣的背景，這種設施最初的名稱好像不是競技場而是訓練所，不過運用設施的人們後來也會一起訓練戰鬥技術，並且開始舉行用來籌措競技場營運資金，讓觀眾對競技場使用者下注的戰鬥賽事，到頭來連活動演出也成為競技場的主要項目。

既然要活在這個世界上，就沒辦法避免戰鬥。由於每個人都有戰鬥經驗，那麼多少都會對能夠觀摩高階技術的賽事有興趣。

充滿戰事的這個世界對於那種賽事的需求很大，所以有一定規模的城鎮都一定會設置並營運競技場。

「哦，今天進行的是道場的交流戰啊。」

儘管沒有像踢館那樣殺氣騰騰，交流戰仍是賭上彼此面子的比賽。因為使用慈憫藥水不會傷到對手，雙方都能毫無顧慮地使出充滿殺氣的攻擊。

正在場上比賽的……真是稀奇，是源自翡翠王國的鎖鐮術道場和源自天龍王國的三節棍道場啊。

鎖鐮是以鏈條將鐮刀和重錘繫在一起，而三節棍則是將三根短棍繫在一起的武器。那兩種武器我都沒有用過，但曾與使用鎖鐮的對手打過一場。

兩邊都是東方系流派的人，關係可能不錯……不過彼此將對方視為勁敵的想法或許更加強烈。

儘管這裡與隔在「世界盡頭之壁」另一側的國家沒什麼交流，也不代表完全沒有從那裡過來的旅行者。

能夠通過「世界盡頭之壁」的危險貿易通道的戰士當然都是出類拔萃的高手，也有許多人對那種高手使用的東方武術深深著迷。

受到那些高手教導的戰士大展身手，並且也有人拜那些戰士為師。這就是連佐爾丹這種邊境都有東方系流派道場的原因。

不過我覺得，實際上強不強大還是端看運用武術的人，翡翠王國或天龍王國的武術不見得一定優於佐爾丹的武術。

可是就看熱鬧的角度來說，外國的武術十分吸引人又很有趣。

使用三節棍的一方拿著兩端的棍棒，擺出將武器拉近身體的架勢。

使用鎖鐮的一方也像要混淆攻擊距離一樣，拿著鐮刀和重錘的部分擺著架勢。

兩邊都是攻擊範圍較遠的武器，不過彼此都沒有明示實際的攻擊範圍。

雖然想一鼓作氣打倒對手，但從他們的架勢來看，應該會活用攻擊範圍使出攻擊。

「喂喂喂，想要參觀就得付錢喔。」

「啊，抱歉。我不是來參觀的，而是來工作。」

「啊哈哈，開玩笑的，雷德先生來得正好。」

向我搭話的是負責管理競技場，白髮很明顯的職員。

就是莉特所說的喬。

「來，先坐下吧，我們邊看比賽邊談生意。」

喬坐到長椅上，對我遞出裝有井水的杯子。

我道謝後坐到他旁邊喝下一口。

冰涼的井水滲進我流汗的身體。

比賽方面，使用鎖鐮的一方踏出腳步的瞬間，三節棍橫甩過去命中他的頭部。

「哦，原來交戰距離可以從手邊延伸到那麼遠啊。」

「那個武器很有趣吧？」

喬身為競技場的職員，看過各式各樣的比賽。

「鎖鐮這種武器也滿有趣的喔。」

這次換成鎖鐮的重錘強而有力地擊中對手的小腿。

如果是實戰的話就算廢了一條腿也不奇怪，但在慈憫藥水的影響下只會感受到強烈痛楚。

在慈憫藥水的作用下雖會受到傷害，身體能力不會大幅度降低。

兩邊應該都還有辦法以各自的招數較勁。

就算規則與實戰相同，不同的是比賽仍舊是比賽。

想必就是因此才會讓人看得開心。

＊　＊　＊

「我店裡能準備的數量大概是這些吧。」

「你說店裡能準備的東西都會確實準備好，這下真的幫了大忙。」

如此說道的喬好像很高興。

我沒辦法使用魔法，所以做不出魔法藥水。

遇到緊急情況也可以和競技場另行委託的魔法師公會學生一同製作藥水，不過我提供的基本上都是單靠共同技能就能製作的藥物。

所以雖然無法準備競技場需求最大的慈憫藥水，但可以準備戰鬥所需的各種藥物。

訂單上列有外傷藥、止血劑、止痛藥、喚醒藥，與用來讓怪物變乖的各種鎮定劑，另外還有用來整頓競技場的除草劑兩瓶。

競技場不會頻繁下訂單，然而對於我跟莉特兩個人經營的雷德&莉特藥草店這間小店舖而言，競技場可是大客戶。

「那麼我後天過來交貨嘍。」

我一邊開口一邊起身。

比賽最後看來是由三節棍那一方獲勝。

勝方現在扶起倒下的對手，兩人互相稱讚對方打得很好。

觀眾為了他們倆鼓掌，兩人也朝著長椅觀眾席低頭行禮，然後退場。

這場比賽很有意思。

＊　＊　＊

傍晚。

「路上小心。」

「嗯，我去去就回。」

這種言語的互動也成為我們日常生活的一部分。

事到如今已經不會因此覺得害羞。

「嗯。」

莉特敞開雙手。

這是什麼意思……啊，我懂了。

「……我出門嘍。」

我接受莉特的擁抱。

「既然這樣，不跟你講喬先生的事情是不是比較好？」

「我們的店鋪生意興隆，也算是我們的幸福吧？」

「嗯！你說得對！」

我們開始一起生活馬上就要滿一年……可是害羞的事還是會害羞。

我放開莉特，離開家門。

儘管時間很晚，出門是要去山裡採集藥草，也就是提供給競技場的藥物材料。

我會在晚上抵達山岳，住一晚之後收集藥草，明天傍晚再回到店裡。

然後再來調合。後天將做好的藥拿去交貨。

競技場是大客戶，這次為了能趕在週末的大賽前交貨，決定偶爾也要努力一下。

「這麼說來，我跟莉特一起生活要滿一年了啊……」

回想過往，就覺得發生了不少事情。

下下週就是我們兩人的一週年。

必須準備點什麼才行……為了這個目的，也得好好完成競技場的委託賺點錢。

好，這下更有幹勁了。

「這不是雷德嗎，難不成你現在要出去啊？」

看守佐爾丹城牆的衛兵向我搭話。

「是啊，我要去山上摘藥草，明天傍晚就會回來。」

「哇～感覺這次很拚喔。是被太太逼的嗎？」

「哈哈，我們一起生活就快滿一年了。就算莉特沒有逼我，為她做出這點努力也不算什麼啦。」

「哎喲～相親相愛真不錯，我也想有個可愛的老婆呢。」

守門人的感嘆令我發笑的同時，我也就此離開佐爾丹。

＊　＊　＊

夜晚的天空掛著漂亮的月亮。

今天的山上很熱鬧。

夏季的昆蟲在草木的陰影下吵吵鬧鬧。

那小小的身軀居然能發出這麼大的聲響，既奇妙又有趣。

據說牠們是用這種聲音來吸引配偶，所謂的昆蟲可真是具有相當時髦的習性。

大型蟲類的怪物不會發出這種聲響。

「想著想著就冒出來了啊。」

昆蟲的聲音歇止了。

寂靜之中傳出硬是擠開樹木的聲響。

黃色光芒撕裂黑暗，逐漸接近。

「真是罕見。」

那是細長的黑色蟲子……不過尺寸如同成長茁壯的灰熊，體型巨大。

閃光甲蟲・噬獸者。

發達的巨型下顎毫無保留地誇示其肉食性質。

那也是螢火蟲的一種，所以說大型蟲類怪物就是這麼難搞。

「牠的棲息地應該在森林的更深處，不過夏天晚上多少也會有這種遭遇吧。」

我把手放在劍柄上。

下一個瞬間，閃光襲來。

那道光和一般螢火蟲的柔和光芒不同，十分刺激。

大型蟲的戰術就是以這招剝奪對手的視力，趁對方無法行動時加以襲擊。

就算知道會有這樣的攻勢，還是難以閃避那道光。

倘若加以戒備而閉上雙眼，到頭來也與視野遭到剝奪沒兩樣。

所以逃跑才是最佳選擇。

「……？」

閃光甲蟲・噬獸者歪歪頭，動了動觸角。

發出閃光的一瞬間，我便一口氣衝到閃光甲蟲・噬獸者觸角的感知範圍之外。

那種蟲的閃光也會對自己的視野造成阻礙。為了彌補這樣的缺點，牠的觸角會以空氣的震動和氣味來察覺對手的動向，但是感應範圍大概就二十公尺。

只要打從一開始便背對牠，在發出閃光的瞬間衝出去便足以逃到範圍外。

留在原地的閃光甲蟲．噬獸者似乎在搖頭晃腦找尋我，後來還是死了心消失在森林深處。

「反正沒人受害，而且就算打倒牠也沒完沒了。」

儘管很少出現在這種地方，那種怪物在這座山的深處可是有一大堆。

若在這裡打倒牠們，無論對人類還是對怪物都不會造成影響。

再加上今天是來採藥草的，就放過牠吧。

螢火蟲的光就像夏季昆蟲的鳴叫聲那樣，也會用來找尋配偶。

「說不定那傢伙也有個配偶在等牠回去。」

既然這樣，我就別做些不解風情的事。

藥商雷德並非勇者隊伍的成員，沒有什麼打倒怪物的義務。

這麼說來，去年我也放走了鴞熊。

儘管這次的狀況跟那時很像，但我發覺心境上有著相當的差異。

鴞熊那時由於自己被排除在拯救他人的責任之外，所以覺得戰鬥並非自己的職責。

我不覺得那樣的想法有錯，現在也不會有捨我其誰那種自以為是的想法。

可是就結果來說，那時放走鴞熊造成很大的騷動。

實際上就算我不出手，光靠亞爾貝應該也能打倒牠……可是「火術士」狄爾的援助一不小心造成了火燒山。

如果是現在的我……或許會選擇打倒鴞熊吧。

與莉特重逢、一起生活後也讓我有了不同於當時的思路。

仍是吉迪恩那時的內心，和剛開始成為雷德那時的內心。我覺得比較能夠在這兩者之間取得平衡了。

再怎麼說，雷德這個男人以前都只有度過身為引導者的人生，而且他是突然失去活著的目的，也不知道慢生活該怎麼過，卻硬是要過慢生活的一個人。

他受了傷，遍體鱗傷。

會有現在的我，也是因為有莉特在身邊扶持……與她重逢後的這一年，對我來說是無可取代的珍貴時光。

「來到佐爾丹真是太好了。」

如此思考的我坐在夏季森林的樹蔭下，聽著再次嘈雜起來的夏季蟲鳴。

＊　＊　＊

隔天。

我收集著藥草。

目標是在中午前採到預定的量。

昨晚過後就再也沒受到怪物襲擊，也很順利地將收集到的藥草收入籃中。

魔獸類型的怪物已經不會來襲擊我。

牠們還滿聰明的，想必理解到我是危險的對手，以及如果自己不主動出擊，我也不會出擊。

古代人的遺跡……勇者管理局的入口附近長有不錯的藥草。

這裡同時也是奇美拉的棲息地，不過一年前解決許多奇美拉後牠們就不再襲擊我，而且現在就算我來這邊牠們也不在意，自顧自地睡午覺。

奇美拉是在獅子頭兩側各有山羊與龍的頭，尾巴的部分也長有蛇頭的怪物。可以說是最具代表性的合成獸類型魔獸吧。

我覺得擋路而叫牠們一聲之後，牠們也會老實地移動，不會造成問題。可是該怎麼說呢，奇美拉的神經好像很大條。

這是沒辦法只靠對戰察覺的特質。

「如果你們都要在旁邊看，也可以來幫我個忙喔。」

年輕的奇美拉……若以人類來比喻大概是十五至二十歲的個體一直凝視我收集藥草的樣子，所以試著對牠說話。

儘管語言應該不通，或許是語感有傳達到了，於是奇美拉用嘴巴拔起離牠很近的藥草……然後山羊頭一口吃了下去。

「喂。」

「咩……」

然後「呸！」的一聲吐出來。

看樣子滿難吃的。

「欸，你用這種眼神看我也沒用呀。」

看著好像一臉怨氣的山羊頭，我笑了出來。

然後奇美拉站起身來。

由於牠的眼睛一直瞄過來，我就跟在後頭看看，結果牠帶我來到岩蔭下方藥草集聚生長的地方。

這隻奇美拉很好心耶……牠大概是理解到這個沒有當成食物的價值，才會告訴我這個地方吧。

就算同樣是奇美拉，也有不同的性格。

向帶我過來的奇美拉答謝後，為了採藥草而蹲下來。

奇美拉趴下來之後，繼續凝視我做事的樣子。

到底有什麼有趣的呢……不過假如世上沒有加護，人類與魔獸之間說不定能相處得更加融洽。

我和奇美拉的加護等級有所差距，雙方沒有理由對戰，因此我們之間流淌著和平的時光。

＊　＊　＊

傍晚。

回到佐爾丹的我進入工作室把藥草磨碎。

「店關好了喔～要幫忙嗎？」

莉特打開門如此問道。

她手上拿著裝有茶水的杯子。

「謝謝，不過這部分的作業會用到技能的效果，所以我一個人處理就好。」

如此說道的我接下莉特遞給我的杯子。

「唔～真可惜。我是不是也該取得初級調合技能呢？」

「啊哈哈，妳有這個心意我很高興，但我們應該都沒什麼機會提高加護等級了，若同樣是共同技能，取得日常生活用得到的技能會比較好。」

我喝了口茶。

由於放涼的程度剛好，可以咕嚕咕嚕喝下肚。

對於因為調藥作業而喉嚨乾渴的我來說，這個溫度剛好。

「……如果妳沒其他的事，可以坐在我旁邊嗎？」

「坐你旁邊？」

「嗯，因為昨晚與妳分開度過，有很多話想對妳說。」

「呵呵，我也有一樣的想法。」

只不過一個晚上。

我們兩人沒有待在一起的時間就那麼短。

不過有好多話想說。

我在山上看見的事物、莉特在佐爾丹看見的事物，有著我們想與對方共享的經歷。
莉特拿了張圓椅過來坐到我的身邊。
我持續磨碎藥草的作業，並且共享兩人的經歷。

＊　＊　＊

然後到了週末。
佐爾丹競技場舉行錦標賽的日子。
「基羅，加油啊！對手只是個小鬼頭！」
「布達，別輸啊！那種瘦皮猴很好應付！」
現在進行的是年輕人組的賽事。
大聲加油打氣的人想必是選手的父母。
場上比賽的孩子們一臉苦澀，看來是覺得很辛苦吧。
「兩邊都加油喔～」
露緹以沉穩卻響徹全場的嗓音開口。
那樣的加油聲不可思議地比父母的叫聲更加有力。

選手們看向露緹後，便看著對手的臉露出白色牙齒發笑，然後繃緊表情開始比賽。

嗯，這是一場兩邊較量成長幅度與招式的好比賽。

「露緹是在年輕人組的最後一場比賽出場吧？」

「嗯。」

「在那之前都可以一起看比賽呢。」

「嗯，很開心。」

我、露緹、莉特、媞瑟與憂憂先生在長椅上坐成一排觀賞賽事。

憂憂先生好像是因為朋友出賽，只見頭上纏著頭巾，拿著小小的旗子幫忙加油。

「咦，不是嗎？所以是朋友的飼主，不是朋友？」

出賽的好像是坐在憂憂先生身邊的狗的飼主。

狗也搖著尾巴為主人加油。

憂憂先生和那隻狗好像也很享受這場大賽。

「我有為了這天做好準備。」

這句話出自媞瑟口中。

她今天的表情不同，儘管只有些微的差距。

要說她準備了什麼……

「這是竹輪麵包市場開張的第一天。」

媞瑟自豪地吃著自己做的神祕麵包——竹輪麵包。

不曉得背後發生了什麼事，但竹輪麵包好像得到佐爾丹麵包店的青睞，因此在舉辦這場大賽的日子於競技場前的攤販販賣。

這個殺手到底做了什麼啊？

不過環視競技場就能看到相當多人在吃竹輪麵包。

看來大家的反應還不錯，話說那個確實滿好吃的啦。

無論如何，媞瑟也有好好享受佐爾丹的生活，這是一件好事。

隨著時間經過，好像差不多輪到露緹要出場了。

「那我走嘍。」

「嗯，加油喔。」

「嗯。」

露緹緊握雙拳回應我對她的支持，然後前往選手休息室。

比賽場上由體格高大的少女和身高較矮的少年正在進行決賽。

兩邊都還沒接觸加護，純粹以當事人的技術來過招。

那名少年就是和憂憂先生一起加油的那隻狗的飼主，他們倆熱情地幫狗主人加油打氣，吵吵鬧鬧的。

比賽方面，少女活用體重差距持續占據上風，不過少年雖然嬌小卻也巧妙地應付對手的攻勢，維持對自己有利的體態。

少女打算強硬地壓倒少年，雙臂灌注力氣。

「啊。」

我不禁叫出聲來。

少年為抗衡少女的力氣而踏穩左腳的瞬間，那條腿就被擊中，身體也浮在半空中。

那一記掃腿的時機抓得很完美。

那個少女的技術也很高超啊，令人期待將來的成長。

少年遭壓倒在地之後，由於體重差距而無力反抗，就這樣落敗了。

憂憂先生和狗好像很不甘心地垂著頭。

少女對發愣的少年伸出手。

「能讓我使出這一招，你也挺行的。少年，讓我記住你的名字吧。」

「我叫布達。」

那個女孩的個性原來是那樣啊。

總覺得這兩人視對方為勁敵的故事才正要開始。

憂憂先生和狗以感動的模樣獻上掌聲。

媞瑟則是可愛地吃著竹輪麵包。

「啊，這一場好像是露緹出賽喔！」

莉特如此說道。

「是啊，好像會在決定八強前同時比賽。」

「感覺會很有趣呢。」

隔了一小段休息時間，孩子們又出現在比賽會場。

「接下來，將由年輕人組大展身手的孩子們與佐爾丹英雄B級冒險者露緹・露露進行表演賽！」

主持人如此宣告後，露緹登場了。

「哦哦！」

會場一片歡騰。

這是露緹第一次參加競技場的賽事。

儘管是表演賽，既然是佐爾丹的英雄上場展現戰技，大家也理所當然十分期待。

站上競技場的露緹身上穿的不是平時的服裝，而是冒險者會穿在盔甲下的那種普遍的野外服。

那種衣服以偏厚的布料製成所以很耐操，可是在以抓技比拚的對戰中，也會被對手緊緊捉住。

「在這種情況下，你覺得露緹會怎麼出招？」

莉特這麼問我。

「我想想啊……」

當成比較進階的嬉戲讓孩子們取勝。

陪著孩童過招到一定程度以後發揮優勢取勝。

以壓倒性的力量取勝，展現成人的強大。

在這種場合下的大人會有很多應對方式，不過……

「那些應該都不是現在的露緹的做法吧。」

「嘿！」

孩子們圍著露緹。

他們好像先花了一陣子思考該怎麼進攻，不過其中一名少年衝了出去。

或許是耐不住性子吧，那樣的攻勢很孩子氣，既魯莽又可愛。

以露緹的實力想必能用單手把他扔出去……不過她正面接下攻勢，以標準的招式把他摔倒在地。

「其他人應該要在剛才那一刻聯手出擊。就算正面進攻無法取勝，從有利的位置抓住對手還是有點機會。我想在這裡的比賽對手都不曾聯手，但是必須意識到該怎麼活用人數差距、該怎麼聯手進攻。剛才的抛摔就當沒發生，你們認真殺過來吧。」

露緹應對孩子們的態度，就是認真面對這場賽事。

待在這裡的孩子們都認真地面對先前的比賽。

儘管那些比賽看在大人眼裡令人會心一笑，場上的當事人可是十分認真。

所以露緹也跟那些孩子站在同樣的立場，不用隨興的投擲方式，而是以標準的招式逐個撂倒對手。

在場上留到最後的那名冠軍少女想從背後抛摔露緹，不過吃了一記露緹的掃腿而倒地不起。

這樣就全軍覆沒了。

倒下的少女咬緊牙根，眼中泛出淚水。

那是認真使出全力，對等的比拚。

想必正是因為這樣，她才那麼不甘心。

「這是場很有看頭的比賽啊。」

原本以為只是如同嬉戲的比賽，觀眾們卻看見認真且正經的賽事使得會場一片寂靜。我就在安靜的會場當中站起來拍手。

「嗯，露緹跟孩子們都很認真，這是一場十分開心的比賽呢。」

莉特和媞瑟也站起來為選手們鼓掌。

其他觀眾也晚了一步站起來送出掌聲。

「這場比賽打得很好喔！」

「很期待你們將來的成長！」

孩子們帶著混雜不甘與欣喜的神情下場。

那些孩子都還沒接觸加護。

這些掌聲都是為那些孩子自身響起。

同時也是為激發出孩子們實力的露緹所送出的掌聲。

面對一場戰鬥，根本就沒有必要激發對手使出超過百分之百的實力。

不讓對手發揮實力並加以取勝才是正常的思維。

我想正是因為這場比賽和相互殘殺後變強的加護不同，單純是人與人之間的戰鬥，才能演變成這麼美好的賽事。

她們兩人都開心地笑了出來。

＊　＊　＊

午餐休息時間結束，成人之間的戰鬥比了四場。

亞蘭朵菈菈是在第四戰，最後一場比賽。

這是決定佐爾丹競技場冠軍的錦標賽。

武器用什麼都可以，拋射類型也行，也能用魔法來強化身體，而且體重沒有限制，是一場不做任何區別的比賽。

規則上相當自由，十分接近實戰，無論在哪個城鎮都是最多人喜好的賽事。

「勝利者！波爾！」

前面一場的第三場比賽結束了。

這場比賽雙方的實力有所差距啊。

操槍能手波爾的支持者相當激動，但沒什麼看頭，是一面倒的比賽。

「接下來是今天最後一場比賽！最強的挑戰者終於到來！」

亞蘭朵菈菈登場了。

「高等妖精之旋風拳！亞蘭朵菈菈！」

哦～原來她有那樣的外號啊。我不太懂那代表什麼意思就是了。

亞蘭朵菈菈舉起以繃帶纏繞的雙手向觀眾展現鬥志。

我和莉特打算為她加油，然而……

「亞蘭朵菈菈！」「亞蘭朵菈菈！」「亞蘭朵菈菈！」

歡呼聲同時傳來。

「啦啦～♪」

接著是亞蘭朵菈菈唱起歌來。

「耶～！」「耶～！」「亞蘭朵菈菈！」

觀眾們踏步打起節拍後，呼喊亞蘭朵菈菈的名字擺出姿勢。

「這是演哪一齣，我看不懂。」

她對競技場也太熟悉了吧。

既然這是跟冠軍比賽，應該比過很多場了……

「亞蘭朵菈菈原來會這樣啊。」

「我好驚訝。」

「她真的全心全意享受競技場呢。」

露緹、莉特和我都訝異到沒能為她聲援。

媞瑟和憂憂先生好像都知道該怎麼做，完美地表現對她的支持。

「在佐爾丹競技場的支持者之間，亞蘭朵搖擺可是常識喔。」

「這是演哪一齣，我看不懂。」

我忍不住又說了一遍。

到底是什麼時候有這一套的？

興致勃勃的亞蘭朵菈菈的對手是佐爾丹競技場的冠軍。

「冠軍，等你很久了！大槌能手伯爾迦！」

手拿雙手戰槌的「重武器能手」大槌能手伯爾迦。

他是以粗壯的短腿支撐上半身發達肌肉的魁梧戰士。

同時也是打倒「虎心」姜康，長年居於佐爾丹競技場頂點的冠軍。

順帶一提，他的冒險者級別是C。

假如亞蘭朵菈菈使用武器或魔法肯定會贏。

「可是亞蘭朵菈菈赤手空拳，也沒有要用武技或魔法吧？」

「而且她好像也禁止自己以格鬥技讓對手陷入無法使用武器的狀況。」

亞蘭朵菈菈的加護是「木之歌者」。

與植物對話並借用其力量的加護。

分類上是使役精靈的加護之一，某種程度上也可以勝任前衛，但這種加護的真本事在於精靈魔法。

而且在接近戰方面，亞蘭朵菈菈也已經學會運用短棍的加護技能。

限制自己不用魔法，而且赤手空拳戰鬥的狀況下幾乎沒有任何加護的恩惠。

歸根究柢，若要空手面對持有武器的對手，就必須用上加護帶來的技能。

武器比拳頭還強，這是理所當然的事實。

「以冒險者來說，伯爾迦並沒有那麼強，但在這座競技場當中可是不容小覷喔。」

實戰與比賽不一樣。

而且伯爾迦這名戰士比起冒險者身分的成功，選擇加護技能的基準是為了能在競技場大紅大紫。

況且「重武器能手」這種加護儘管缺乏遠距離攻擊手段，也沒有任何防禦手段能對抗以數量取勝的飽和攻擊，但在競技場的規則下根本不需要在意這兩項缺點。

伯爾迦不是選擇實戰，而是選擇比賽作為自己的生存之道，想必也是因為他很理解自己加護的特性。

刻意不用自身加護的亞蘭朵菈菈，和活用自身加護的伯爾迦。

這場比賽……或許還不知道誰勝誰負。

「話雖如此，她可是亞蘭朵菈菈啊。」

「嗯。」

莉特和露緹以悠悠哉哉的表情吃著爆米花。

「這個好好吃。」

「奶油味很香。」

她們倆看來都很滿足。

選手都已經上場，伯爾迦和亞蘭朵菈菈的比賽開始了。

「亞蘭朵菈菈加油——！」

我揮手為亞蘭朵菈菈加油打氣。

她也指著我做出回應。

觀眾們好像覺得這是對支持者的大放送，氣氛變得很熱烈。

坐在附近的大叔特地過來我這邊說聲：「太好了呢！」拍拍我的肩膀。

「她好受歡迎呢。」

「嗯，沒想到會演變成這種情形。」

我跟莉特目瞪口呆。

「啊，亞蘭朵菈菈出招了。」

媞瑟和憂憂先生探出身子說道。

不過先發制人的是伯爾迦。

赤手空拳與雙手戰槌，攻擊距離實在相差過大。

亞蘭朵菈菈低身躲過揮落的戰槌，朝左前方踏出步伐。

不過伯爾迦揮落的戰槌瞄準亞蘭朵菈菈的頭，迅速地拉了回來。

「哦，伯爾迦也很有一套喔。」

伯爾迦的左手移動至靠近戰槌槌頭的地方。

這是用來應對近距離戰鬥的技巧。

儘管是那樣的攻擊，倘若不依靠加護帶來的技能只用手臂格擋，還是會受到相當大的傷害。

赤手空拳挑戰武器並非簡單的事。

「不過呢。」

亞蘭朵菈菈將上半身向後仰加以閃躲。

她的左拳也同時襲向伯爾迦的右側腹。

在那種姿勢沒有使出武技還能使出強力拳擊，可以展現她的格鬥能力有多厲害。

「儘管加護是『木之歌者』，亞蘭朵菈菈的戰鬥能力還是偏向近身戰呢。」

「她對於距離的敏銳度可是出類拔萃。」

媞瑟點頭同意我說的話。

「我曾經跟她認真地打過一場，所以不會有錯。」

「既然連媞瑟都沒辦法解決她，那麼真的很厲害啊。」

伯爾迦退縮了，亞蘭朵菈菈接連使出猛烈的連擊。

沒有加護的拳頭威力不夠，而且在慈憫藥水的影響下也不會產生腦震盪等後果。

所以亞蘭朵菈菈毫不間斷的連續拳擊打在對手身上。

對手仍有反擊的餘地，亞蘭朵菈菈也在千鈞一髮之際閃過。

原來如此，這場比賽會炒熱全場氣氛。

這也能讓人理解為什麼亞蘭朵菈菈有那麼多支持者。

憂憂先生也模仿她的動作，小幅度地不停揮動前腳。

在興奮與歡聲當中，亞蘭朵菈菈開心地打著這場比賽。

比賽最後是以亞蘭朵菈菈漂亮獲勝告終。

＊　＊　＊

「亞蘭朵菈菈，恭喜妳奪冠！」

「「「恭喜～！」」」

莉特、露緹、媞瑟和我對亞蘭朵菈菈送出掌聲。

桌上擺著烤雞與海魚鹹派。

湯品則是番薯濃湯。

以新鮮生菜做成的沙拉則淋上同樣以新鮮蔬菜製作的醬汁。

麵包是膨鬆的白麵包。儘管只是沒有添加果實等食材的樸素麵包，但毫不馬虎地用上高品質奶油。

甜點部分則是焦糖布丁。

飲料是剛打好的綜合果汁。

我也到市場購買雖不昂貴但很好喝的紅酒。

「居然準備了這麼豐盛的美味大餐，而且大家還一起為我慶祝，謝謝你們！」

亞蘭朵菈菈發自內心高興地笑著。

大賽結束後，我們決定為亞蘭朵菈菈舉辦一場小小的派對。

「不過亞蘭朵菈菈真的很厲害耶。」

我則是發自內心稱讚她。

真要說來，我對赤手空拳的戰鬥也有興趣。

野營的時候，聽達南述說武術理論也很開心。

我也曾練習格鬥術當成運動。

但沒打算精通到能在競技場取勝的地步。

當然了，以我的實力多少可以忽略打在身上的攻勢並捉住對手，採取以加護等級的差距擊潰對手的戰法來取勝，可是那樣就不有趣了。

與實戰相差甚遠，重點是挑戰自身興趣的戰鬥。

這讓我想到達南說過的「亞蘭朵菈菈是能讓和平與鬥爭同時存在的類型」這番話。

她的戰鬥和達南那種追求強大的戰鬥不同。

就像我享受慢生活一樣，亞蘭朵菈菈享受的是挑戰本身。

「雷德要不要也參加競技場的比賽？我們找一天賭上冠軍腰帶打一場吧！」

亞蘭朵菈菈目光閃亮地如此邀約，但我沒辦法回應她。

「要比的話你就拿劍吧，我也會持劍戰鬥的。」

「妳接下來連劍術也要練到精通啊……基本上我算是隱瞞真實身分過著慢生活的藥商喔。」

亞蘭朵菈菈對於興趣真的是卯足全力。

「真可惜，目前沒有挑戰者，看來得暫時專心造船了。」

「造船……啊，妳之前的確說過那方面的事呢。」

「成為競技場冠軍當天就提起其他興趣，亞蘭朵菈菈的興趣真的很廣泛呢。」

莉特好像也有點傻眼的樣子。

儘管聚在這裡的大家興趣都還滿廣泛的，但亞蘭朵菈菈興趣廣泛的程度可是遠超過其他人。

「話說明天商人公會放假，我們從下週再開始吧？」

「關於這件事，我有想到一個好主意。」

「好主意？」

「仔細一想，佐爾丹這裡不是有艘最先進的船嗎！」

「「「最先進的船？」」」

莉特、媞瑟和我三人同時感到疑惑。

只有露緹以有所頭緒的樣子，「哦哦。」出聲表示驚訝。

「到底是指什麼啊？」

佐爾丹是大馬路盡頭的邊境。

會到這裡做買賣的船舶很少，海運既不興盛，船舶技術也不發達。

儘管說不定有知曉技術的人士漂泊至此，但這裡沒有打造最先進船舶的設備，應該也沒有最先進的船來過。

「那個啊，蕾諾兒王妃不是有率領船隊過來嗎？」

「是啊，那可是一場大騷動，後來還有勇者梵為了取得觸礁的魔王船文狄達特而來到佐爾丹，費了我們很大一番工夫。」

事過境遷的現在會覺得是段不錯的回憶，可是在騷動中我們面臨了好幾次危險。

「啊，我懂了。」

莉特開口了。

原來如此，我也有了頭緒。

「那場戰鬥中，露緹讓維羅尼亞的蓋輪帆船沉沒了。」

「沒錯！」

亞蘭朵菈菈同意我說的話。

「那艘蓋輪帆船現在也在海底沉睡。只要詳細調查沉沒的那艘船構造，就能當作我造船的參考啦。」

「原來是這麼一回事。」

「那麼，明天就要去潛水嘍！」

「咦？」

儘管以前就是這樣，要跟上亞蘭朵菈菈的熱情可是很辛苦的。

「今年夏天常常用到泳裝呢。」

「反正佐爾丹的夏天很漫長，既然機會難得，就好好享受一番吧。」

雖然會很辛苦，明天應該也是開心的一天。

「與亞蘭朵菈菈在一起就不會無聊呢。」

也很期待明天到來的莉特笑了。

幕間

向西航行

半個月前，東方海域。

翡翠王國的戰船正遭到魔王軍的四艘軍艦追逐。

翡翠王國的武士們拉緊獨具特色的大弓，朝著軍艦放出箭矢。

長年以來持續對抗魔王軍的翡翠王國武士們面對強大軍艦果敢應戰。

然而兩者之間的造船技術差距實在太大。

翡翠王國的戰船是只有一根主桅杆的槳帆船。

相較之下，魔王軍的軍艦是有三根桅杆並以蒸汽引擎驅動的明輪帆船。

那並不是魔王船文狄達特那樣的鋼鐵戰艦，只是搭載內燃機的一般船舶，但性能也高過人類所研發的任何一艘船。

而且指揮著那艘船的，是取代敗給愛絲葛菈妲後失去地位的水之亞托拉，成為魔王軍四天王的水之瑪杜。

那是一名海戰與登陸戰經驗都很豐富的阿修羅將軍。

「公主殿下，我們要被追上了！」

回應武士的喊叫聲，身穿翡翠王國禮服的女性站起身來。

那名女性交錯雙手結印。

「災禍暴風陣！」

海面捲起龍捲風，撕裂了三艘軍艦。

為防止遭到捲入一起沉沒，殘存的軍艦後退了。

「哦哦哦！」

武士們發出歡呼聲，魔王軍則是傳來慘叫。

「呼、呼……」

使用魔法的女性一副耗盡力氣的模樣，站不太穩。

身穿黑色衣裝，年約十二歲的少女扶住她。

「請您別太勉強……」

「說什麼玩笑話……就算只剩魂魄，妾身還是必須前往『勇者』的身邊！」

跨越本應不可能跨過的大海，這艘船正前往邊境的都市國家佐爾丹。

這場奇蹟必定會發生。

因為向「勇者」尋求救贖就是戴密斯神打造的規則。

第二章

遙遠海域的來訪者

隔天。

我們在港口借船出海。

僅有一根的桅杆上展開一張大面積的四角帆。

操作船帆的方式是拉著綁在帆上的兩條繩索。

雖然順風時速度很快，但不利於應對逆風。是艘有點舊的船。

「說什麼有點舊，這種船在我還在跑船的時候就跟不上時代嘍。」

正在用繩索操縱船帆的亞蘭朵菈菈如此說道。

「畢竟感覺能借用的船一艘也不剩了，無論如何都比需要自己划槳的小船好吧？」

「當然嘍！就是因為有古早時代的船隻，才會造就現代船舶。在了解最先進的船之前，知曉過往的船隻也是很有意義的喔。」

迎風的船帆大幅度地揚起。

儘管我們是臨時出航，今天的天氣還是很適合航海。

現在是夏季後半。

在飄著白雲的藍天之下，老舊的小船不停前進。

到了海上，即使是佐爾丹悶熱的夏季酷暑也令人覺得舒適。

會有這種清爽的感覺是因為氣氛不同嗎？

「雷德，向右十度！」

「了解。」

我用槳改變船的航路。

這艘小型船沒有船舵。

沒辦法單靠操縱船帆調整的情況，就要像剛才那樣划槳轉彎。

「大海。」

「是大海耶～」

露緹和媞瑟兩人並排在陽傘底下，戴著太陽眼鏡望向大海。

媞瑟頭上的憂憂先生頭頂也有類似太陽眼鏡的小東西。

「畢竟周遭只有一片汪洋呀。」

我們就在海上，這也是理所當然的。

回頭可以看見佐爾丹的海岸，不過岸邊離我們也有一大段距離。

「我們經歷過許多冒險，但目的地在海上的情況或許是第一次呢。」

「畢竟船隻是以陸地為目標的航海工具呀。」

莉特如此說道。

假如仍在勇者隊伍持續冒險，說不定會碰上需要前往海底神殿的情形。

「既然曾經飛上天空，就算有潛入海底的冒險也不奇怪吧。」

「露緹對戰風之甘德魯的時候有飛上天空吧？」

「嗯，因為甘德魯的城塞在空中，我們沒飛上天空就無法戰鬥。」

「我們借用了雷龍（Lightning Dragon）的力量。」

「不是乘坐龍獸，而是乘在飛龍的背上戰鬥。嗯～那是凡是冒險者都會憧憬的夢幻場面啊。」

飛龍與龍獸不同，不僅會說話也比人類聰明，而且還具有文化。

老礦龍大學有對人類傳授學問的龍，雷龍院也有雷龍以法學家身分為各國的問題行使仲裁。

聰穎的牠們不會讓人類乘在背上。

不過輝龍（Radiant Dragon）倒是例外，如果對方是孩子就會讓人騎在背上。

那樣的情形若是以人類的思維來比喻，就像「反正只是孩子，騎在背上玩也無傷大雅」的感覺。如果是大人對輝龍說：「你當馬給人騎一下。」輝龍應該還是會生氣。

不過呢……這想必也是輝龍會被稱作蘿莉控龍或正太控龍的理由之一吧。

若要為維護牠們的名譽再補充一點，就是牠們擁有鍾愛努力成長者的性質，因此時常成為人類孩童冒險時的後援者。

「乘坐在雷龍背上，攻進魔王軍飛龍騎兵守護的城塞……假如進入和平的時代，感覺會變成藝術家們不約而同畫出來的場面呢。」

「可是那一幕沒有哥哥。」

露緹好像很不滿的樣子。

我是在打倒最初迎戰的土之四天王後便立刻離開隊伍，沒有對上風之四天王。

「無論是繪畫、戲曲還是詩歌，一定都要有哥哥才令人興奮。就算多少加油添醋也沒關係。」

「哎呀，露緹偶爾會說出不太妙的發言呢。」

「「偶爾？」」

媞瑟和莉特不禁疑惑偏頭。

「好啦，聊著聊著就快到嘍！」

亞蘭朵菈菈提高音量說道。

眼前仍是一片沒有變化的大海。

海面上看不見沉沒的船舶。

「真的是這裡嗎？」

「對，不會有錯。」

不愧是曾為傳說中的妖精海賊團之勁敵的武裝商船船隊前船長。

我雖然也有印象可能是這一帶，但在沒有任何標記的海上沒辦法判斷精確的位置。

「莉特判斷得出來嗎？」

「我也沒辦法，真要說起來我出身內陸國家，對大海一點也不熟悉呀。」

如此說道的莉特凝視大海。

「我也沒接過暗殺海中對手的任務。」

媞瑟和憂憂先生也在莉特身旁窺視海中。

她還是戴著太陽眼鏡，應該更難看清楚了吧。

「那我們來做潛水的準備吧！」

這趟觀摩沉船的旅程由亞蘭朵菈菈帶頭。

我們依照亞蘭朵菈菈的指示開始做準備。

「水中呼吸（Water Breathing），再來是泳力強化（Gift of Dolphin Power）。」

亞蘭朵菈菈在我們所有人身上施加魔法。

「我還有施加延長(Extend)的魔法，效果持續時間為三小時十二分鐘。」

「不愧是亞蘭朵菈菈，生效時間真長。」

如果是一般的魔法師，大概只有三十分上下吧。

一般來說，水中冒險需要重新施加好幾次魔法。

「不過還不曉得海底狀況怎樣，所以要保持可以隨時取出魔法藥水和我的空氣草(Air Grass)的狀態喔。」

「了解。」

「持續使用空氣草也只能撐五分鐘，要調整呼吸到來得及浮上海面喔。這點我想你們應該都知道，陷入必須使用空氣草的狀況時，最先要做的就是回到海面。」

魔法藥水裡頭也封入了水中呼吸。

那是我昨晚跟亞蘭朵菈菈一起製作的藥水。

而且還準備了空氣草這種不需用到魔法之力的呼吸手段。

怪物當中也有不少會消除魔法效果的個體。

我們得預防因為持續時間充足而心有輕忽，導致魔法效果突然消除而溺水的狀況。

儘管不覺得亞蘭朵菈菈的魔法會被消除，但要是有個萬一而喪命可就無法挽回了。

更何況也有極少數怪物會展開令魔法失效的結界。

這些道具就是要因應那種狀況。

「無論我們多麼強大，要是在水中無法呼吸還是會死……露緹使用『勇者』的技能倒是不需要呼吸呢。」

「如果遇到最糟的狀況，我會把大家拖上來。」

露緹拍了拍自己的胸膛，表示交給我吧。

使出「勇者」所有的抗性後連呼吸也不需要。

不過露緹說過，不呼吸好像會覺得不太對勁。

「就算加護不需要呼吸，人體構造還是得邊呼吸邊行動。這跟不需要進食喝水的狀況不一樣。」

「說得也是，我用劍的時候也會意識到該如何呼吸。」

劍術當中很重要的一點就是抓準呼吸的時機。

吸氣、屏息、呼氣。

對於劍術來說，每一次的呼吸都有意圖。

所以水中呼吸的魔法也有施加在能夠停止呼吸的露緹身上。

「這次我帶的劍也跟哥哥一樣。」

「畢竟是水中戰，用露緹平時在用的長劍就會太長。」

露緹身上佩帶著從莫格利姆店裡買來的銅劍。

在水中比起揮劍，小動作的突刺更為有效。

儘管露緹應該可以不顧慮水中阻力隨意揮劍，在這方面或許是心情的問題吧。

「話說在泳裝外頭綁上皮帶佩劍，感覺好像也有點怪。」

「我覺得看起來還不錯，雷德覺得呢？」

莉特在我面前轉了一圈。

她穿著紅白條紋的泳衣，圍在腰上的皮帶懸著一把曲劍。

曲劍的形狀應該不適合水中戰，不過就算有那樣的缺點，選擇慣用的武器想必還是有其優勢。

儘管如此，看來她要避免在水中使用雙劍。

「嗯～我指的不是那個耶。」

莉特手扠著腰擺起姿勢。

「我是第一次打扮成這樣，不過這件泳衣跟劍的反差還不錯吧？」

「哦～」

確實，這種感覺像是日常與非日常同時存在的時尚風格說不定很新穎。

皮帶圍在略微高過可愛泳裝腰身的地方，一把劍懸在上頭，華美的劍柄具有不錯的點綴效果。

也就是說那樣的穿搭很適合她，很可愛。

「那我呢？」

露緹也站出來向我展現她的裝扮。

還模仿莉特原地轉一圈，特地擺了個姿勢。

我的妹妹真可愛。

「我也像露緹這樣繫皮帶比較好吧？」

露緹是在大腿上繫著兩條皮帶，把劍插在裡頭。

劍鞘是在水中也易於拔劍，比較鬆的皮鞘，並且使用附鈕扣的固定器把劍固定，讓劍不會掉出來。

我則是繫著平時那條皮帶，只有劍鞘換成在水中也能拔劍，帶有縫隙的劍鞘。

「不過我覺得雷德那條比較寬的皮帶搭上泳裝也很帥喔。」

「嗯，哥哥這樣很帥。」

「會嗎？」

看著莉特和露緹她們的樣子，我也產生了多注意服裝穿搭比較好的想法。

畢竟店鋪經營也上了軌道，或許差不多是該張羅新服裝的時候了。

「憂憂先生也很帥喔。」

我們幾個聊得很開心的時候，媞瑟和憂憂先生在一旁互相誇獎對方。

憂憂先生的腳上裝有小小的鰭。

那是在哪裡製作的啊？

之前去島上旅行時，憂憂先生莫名豐富的的時尚裝扮也一樣，讓我覺得最近媞瑟與憂憂先生的交友關係愈發神祕。

「呵呵，穿上好看的服裝就會讓人更有幹勁。以勇者隊伍身分冒險的時候都只顧著實用性，感覺不太過癮。」

亞蘭朵菈菈看著我們的樣子，高興地如此說道。

「亞蘭朵菈菈冒險時對服裝儀容也一點都不馬虎啊。」

「是啊，重視服裝儀容就會讓內心擁有餘裕。那股餘裕會防止判斷失誤，無論在怎樣的狀況下，外貌與氣質都很重要喔。」

「原來如此啊。」

亞蘭朵菈菈這次穿的泳衣跟之前不一樣。

上次是在胸口打個蝴蝶結，重視時尚的泳衣，不過這次是百分百以實用性為主的泳裝。儘管如此看起來還是很時尚，或許是因為她的身材很好吧。

「話說回來，亞蘭朵菈菈不帶武器下去嗎？」

「嗯，短棍在水中沒辦法發揮威力。這次我會運用精靈魔法和植物的力量。」

「妳的選項很多，好令人羨慕。」

這下子大家應該都準備好了。

「亞蘭朵菈菈，差不多了。」

「嗯，我們開始快樂的沉船觀摩之旅吧！」

＊　＊　＊

佐爾丹夏季再怎麼熱也熱不到海裡。

黏在肌膚上的汗水被海水沖走，現正享受著舒適的清涼與浮游感。

周圍有色彩鮮豔的熱帶魚成群游泳。

「可是……這樣看起來有點可怕呢。」

我一面看著海底一面開口。

那個方向什麼也沒有。

只有一大片彷彿無窮無盡延伸的黑暗。

光線不會照到海裡。

沒有地面就感到擔憂。

這讓我再次體會到人類是生活在陸地上的生物。

「沒想到會從雷德口中聽見『可怕』這種詞彙，帶你過來真是正確的決定。」

亞蘭朵菈菈的心情很好。

「為什麼啊？」

「因為雷德不太會說喪氣話啊，覺得害怕時就明確地說出你會害怕，這樣子才令人高興呀。」

「是這樣嗎？」

這時莉特扶著我的身體。

「就像亞蘭朵菈菈說的一樣喔，畢竟雷德總是一副自己一點事也沒有的表情呀。」

「我自認有在莉特面前毫無掩飾地展現自我耶。」

「我想那已經變成習慣嘍，你的戰法比較像是不對人示弱，藉此取得優勢的做法吧？」

「啊～這倒是沒錯呢。」

那是為了能以「引導者」這種毫無長處的加護對抗強敵而學會的戰鬥方式。

沒有使用固有技能這點會讓對手誤以為我還留有殺手鐧。

無論發生什麼狀況都擺出一副「這一切不出我所料」的神情，誘使對方誤會「眼前這個頭腦轉得很快的人還沒有出盡全力」。

面對實力比我差勁的對手是還好，可是以我的角度來看，無論是契約惡魔、錫桑丹、格夏斯勒，還是勇者梵的實力都比我高強，每次都是一不小心失手就會沒命。

上次對抗愛蕾麥特時也是一樣，沒想到她居然藏有魔獸變身寶珠。當時如果是一對一的狀況，想必就危險了。

……至於戴密斯神則是完全不同等級。對抗祂的時候連運用策略的機會也沒有，真的是在玩命。

「扶持丈夫也是妻子的責任，不是嗎？」

「嗯……」

莉特出其不意的話語令我說不出話來，不禁發出奇怪的聲音。

不過她說得沒錯，我們已經訂婚，她成為妻子的日子也不遠了。

這麼一想，就覺得莉特扶著我的手帶給我勇氣。

「……還有我也覺得害怕，雷德也要扶持我喔。」

「知道了，那我們兩人一起下去吧。」

「嗯。」

看來莉特是真心覺得害怕。

莉特的緊張透過我觸碰她身體的手傳了過來。

我們經歷各式各樣的冒險，也看過令人畏懼的景象……真沒想到離我們這麼近的地方就有充滿新鮮感的冒險。

「真有趣呢！」

我不禁這麼說。

我們緩緩朝著海底前進。

亞蘭朵菈菈的魔法當然能讓我們在海裡自由行動，而且也有賦予對水壓的抗性……應該是這樣吧。

如果要說老實話，我不太了解水壓會造成怎樣的影響。

這次真的都是多虧了亞蘭朵菈菈。

就這個層面來說也充滿新鮮感。

「冒險就是對於未知事物的挑戰呢。」

莉特也享受著對未知的恐懼感。

「呣。」

露緹念念有詞：

「我不覺得可怕……所以不甘心。」

「露緹的感受果然是那樣啊。」

現在的露緹似乎有透過「Sin」的技能讓「勇者」加護所帶來的「對恐懼的完全抗性」失去效果，可是她出生以來就沒有體會過恐懼這種感情，所以應該還無法理解我現在所感受的情感。

會因為沒能感到恐懼而不甘心的人，八成也只有前勇者了。

我們如此交談的同時，也依照亞蘭朵菈菈的指示以海底為目標下潛。

來自海面的光線無法遍及此處，視野被一大片深藍色的世界占據。

這個景象很不可思議。

「光芒。」

亞蘭朵菈菈發動光之魔法。

照明魔法照亮四周。

「啊，看得見嘍。」

如此說道的亞蘭朵菈菈伸手指向一個地方。

可以看見海底有個很大的影子。

「是維羅尼亞王國的蓋輪帆船！」

亞蘭朵菈菈真厲害，地點抓得很精準。

距離愈近，目標就愈清楚。

龐大的船舶倒臥在海底的沙子中。

那艘船在自船頭算起約三分之一的部分斷成兩截，船頭與船尾埋沒的地方隔了一小段距離。

「儘管露緹很輕鬆就把這艘船砍到沉沒，這樣一看還是挺壯觀的。」

由於那時還有文狄達特那種前所未見的巨大船舶，注意力都被文狄達特給吸引，但是這艘船也相當龐大。

我從腰帶取出照明棒。

那是大約三十公分，以黃銅製成的棒狀魔法道具，使用後就會產生沒有熱度，並且在水中也不會消失的魔法火焰作為照明。

由於材料便宜，只要是魔法師就一定會製作，所以這種道具的價格宜人，初出茅廬的冒險者也能輕易取得。

我手拿照明棒用末端敲擊劍柄，點起魔法火焰。

這與亞蘭朵菈菈的魔法不同，其亮度在水裡效果不佳，不過目前的水深多少還有一點太陽光，尚未被黑暗完全籠罩。

用來觀摩沉船已經很夠用了。

「平常很少有機會看到船底，這樣看還滿有趣的呢。」

「嗯，我有看過設計圖和造船中的模樣，原來完成後的船底長這樣啊。」

「而且損傷狀況也令人好奇呢。」

我和莉特接近靠船尾的地方進行調查。

媞瑟和露緹調查船頭那邊，亞蘭朵菈菈好像在調查桅杆的樣子。

「這個桅杆滿複雜的，是用大小不同的橫帆與縱帆加以組合。有了這樣的桅杆，無論風從哪個方向吹來都能推動巨大的船身。」

「露緹大人，有海葵貼在船上喔。」

「紅紅的又抖來抖去，好可愛。」

我們在水裡離得這麼遠還能聽見對方的聲音，好像也是水中呼吸魔法的效果。

聲音就是空氣震動，照理來說傳到水裡時會有所衰減，不過水中呼吸魔法會讓人像呼吸空氣一樣把水吸進體內，帶額外效果似乎就是可以用聲帶直接讓水震動。

「大家過來一下！」

調查桅杆的亞蘭朵菈菈叫了我們一聲。

「亞蘭朵菈菈，怎麼了？」

「要不要調查船艙看看？」

船艙啊。

「船艙的配置也跟以前的船不同呢，應該能作為參考。」

「而且說不定有留下什麼財寶！」

如此說道的莉特也是一副興高采烈的樣子。

當時搭乘這艘船的，應該是蕾諾兒王妃僱來的傭兵們。

傭兵與正規軍的士兵不同，會自己準備武器。

蕾諾兒應該是花了大筆金錢召集身手高超的傭兵，所以他們所帶來的物品或許包含知名鍛造師經手的裝備，或者是從迷宮中帶出來的魔法道具。

「說不定會有現代無法製作的秘寶級魔法道具呢！」

「假如有找到就舉辦宴會吧。」

在展開冒險之前，對尚未發現的財寶抱持夢想也是冒險者的樂趣之一。

儘管那麼厲害的魔法道具不是那麼簡單就能找到的東西，不過在打開寶箱之前，無論是哪種驚為天人的財寶都有可能出現。

「冒險者就是以未知為樂的人喔。」

莉特對露緹如此說道。

露緹擺出有所理解的神色。

儘管我已經不會進行正統的冒險，可是像這樣的冒險倒是很歡迎。

「哥哥。」

露緹拔劍了。

「有怪物。」

「這樣啊。」

我與莉特點頭之後，跟露緹一樣拔出劍來。

「亞蘭朵菈菈，這裡應該讓露緹先過去。」

「我知道了。」

亞蘭朵菈菈這次打算以精靈魔法為主要的應戰手段。

我們組成的隊形如下。亞蘭朵菈菈退到後衛的位置，由露緹打頭陣，我跟莉特在露緹後方待機，媞瑟和憂憂先生則是守護亞蘭朵菈菈，必要時也能充當前衛。

「要打開嘍。」

露緹打開通往船艙的門扉。

我也從露緹背後看見船艙裡的模樣。

「……唔。」

房裡漂著四具溺死的傭兵屍體。

儘管他們已被水中生物吃得只剩白骨，但是這與地面乾枯到化為白骨的屍體有著不同的衝擊性。

變成兩個洞的眼窩中可以看見數量驚人的小螃蟹。

那並非什麼威脅，只是普通螃蟹……可是曾為人類的遺骸裡有無數生物蠢動的樣子真的很令人不舒服。

露緹緩緩進入室內之時——

「露緹，屍體！」

我發出警告。

屍體忽然動了起來襲向露緹。

那與人類的游泳方式截然不同。

像魚一樣扭動身軀，高速襲向露緹。

我和莉特就在露緹後方。

可是我們與她之間有打開的入口，能游泳的路徑有限。
如果我跟莉特要衝進去，露緹本身會變成障礙物。
遇到這種狀況的選項——

①　退到室外迎擊。
②　留在原地應戰。
③　一邊進入室內一邊發動攻擊。

應該就這三種做法吧。
露緹思考的正確答案是哪一種？
「莉特，我們上！」
我毫不迷惘地進入室內。
眼前的露緹也同樣往室內前進。
如果是在地面上遭遇敵人，想必也有後退的戰法。
可是這裡是水中。
在為了進入室內而向前游泳的狀態下，如果轉變方向往後就會慢對手一步。

所以露緹直接用力往前游，讓我跟莉特也能夠進入室內。

露緹以銅劍迅速突刺靠近的屍體。

可是，水中戰果然很麻煩。

如果是在地面，能同時從前方襲來的對手大概也就三個上下，但是在水中，自由行動的敵方能夠從前方與上下等方向襲來。

不只來自前方，還包括了上方，總共四個敵人同時攻擊。

而且在水裡揮劍的動作會受到限制，只能採取以突刺為主的戰法。

突刺雖然強力，同時也會露出破綻。

同時對抗多個對手時，較適合運用可以接連出招的斬擊……一般來說是這樣。

「咻！」的一聲，衝擊竄過水中。

看在我的眼裡像是同時發生。

露緹的突刺粉碎了會動的屍體頭蓋骨。

潛藏在裡頭的許多螃蟹在水中四處亂竄。

不過對手可是屍體。

只是破壞頭蓋骨沒辦法阻止它們。

接下來輪到我跟莉特出手。

「我解決右邊的！」

「了解！」

我接近左邊的屍體，左手托著劍身把劍刺出去。

目標是雙手與背骨。

魔法看似自由，其實有其規律。

儘管屍體的生物機能已經停止運作，擊碎頭蓋骨後屍體仍會失去感知能力，擊碎背骨後下半身便無法行動。

讓屍體行動的魔法，運用的是留在屍體身上仍是人類時的記憶。

「這樣就結束了。」

露緹破壞掉正面和上方的屍體，結束這場戰鬥。

「不過這傢伙並非主體。」

「對，操縱屍體的怪物還在。」

儘管也有附身屍體令其行動的怪物，但是我從屍體上感受不到加護之力。

應該有個類型是「以魔法力量遠端操作」的主體。

「這種類型最常見的就是具有死靈術師(Necromancer)系加護的怪物，可是……」

怪物的加護與人類不同，寄宿體內的大多是下級加護。

所以比起持有死靈術師加護的可能性……

「惡魔的可能性最高呢。」

亞蘭朵菈菈如此說道。

＊　＊　＊

惡魔這種種族的定義是僅會具有一種固有加護的種族。

跟隨魔王軍的聰明惡魔十分有名，但是世上也有混在怪物當中一起生活，智力低劣的惡魔。

我們一邊調查船艙一邊往裡面前進。

儘管我們原本的目的是調查維羅尼亞王國最新船舶的構造，可是優先排除威脅應該比較好。

「又來了！」

船艙有幾具屍體浮動，每次遇到屍體都會襲擊我們。

只要知道葫蘆裡賣的是什麼藥就不構成威脅，但有這種東西還是讓人心情不好。

「…………」

「露緹，妳還好嗎？」

「嗯。」

「果然還是我打頭陣吧。」

「我沒事……那並不是最好的隊形。」

正如露緹所說，水中戰無法像平常那樣行動，如果由我打頭陣就不是最佳戰法。

只是露緹看起來不太舒服。

她當然不會輸給沒有加護的屍體。

會覺得不舒服，是因為這些屍體是露緹把船擊沉以後死去的人。

這個世界充滿了戰爭。

應該有為數不少的人殺過同為人類的對手，絕大多數的人們都已經習慣相互剝奪性命的狀況。

無論是我還是露緹都一樣，在數不盡的面對人類的戰事中，奪去對手的性命。

由於對方也是來殺我們，要殺人的話即使被殺也沒什麼好抱怨。

當時乘在這艘船上的傭兵是要來殺佐爾丹的人們。

就算那是蕾諾兒的命令，對我們來說也是百分之百可以拔劍的理由。

而且，露緹是「勇者」。

「勇者」會為了拯救弱者而殺死邪惡。

這樣的目的不能帶有迷惘。

戴密斯神就是如此打造「勇者」加護，當時的露緹想必感受不到恐懼也沒罪惡感。

就算能夠脫離「勇者」加護的衝動、就算露緹有多麼討厭「勇者」，她至今也只有以「勇者」的身分戰鬥，也習慣了身為「勇者」的殺戮行為。

事到如今，必須戰鬥的時候露緹不會因為不想殺人而有所猶豫，也不會因為曾挺身戰鬥而後悔。

可是她還是會回顧過往發生的事。

為了保護自己或朋友的性命，對於戰鬥不能有任何猶豫。

這個世界就是這樣。

可是，我覺得還是不能因為這樣就不回顧過往的戰鬥。

面對來襲的屍體，露緹心中盤繞著各種情感。

那會讓人痛苦。

不過那也代表露緹是人類。這想必也是她的變化之一。

我會扶持露緹，不過她已經能夠靠自己的腳步前進。

既然露緹說要打頭陣，那我就應該退居在後。

「但這可真令人難受。」

妹妹明明很痛苦，我卻沒辦法守護她。

啊～好難受，真是不舒服。

把操縱屍體的傢伙打倒之後多多誇獎露緹吧。

「哥哥。」

露緹的話語把我拉回現實。

「這裡面除了屍體以外還有別的東西。」

「那是貨艙底層最下層的深處呢，這裡外面應該是海底的沙子吧？」

「看來是這樣。」

亞蘭朵菈菈摸著貨艙的壁面。

「船舶構造之後再看，我們過去吧。」

「知道了。」

亞蘭朵菈菈同意我的發言。

然後我對露緹使了個眼色。

露緹將手放到貨艙的門上，使力之後便停下動作。

「被轉移了。」

「唔！在後面，亞蘭朵菈菈！」

瞬間移動後來自後方的奇襲。

亞蘭朵菈菈背後出現拿劍的屍體。

那是在和強力怪獸的戰鬥時常見的戰術。

「現在的我確實沒帶棍棒，不過這艘船的材質可是我的領域。」

亞蘭朵菈菈結印。

「綠色友人啊，讓我再看一次你的夢想！」

船舶壁面晃動，冒出銳利樹枝穿刺屍體使其停止動作。

「在海裡讓樹木生長？」

莉特顯得十分驚訝。

照理來說，操縱植物只能在該植物可以生長的環境中進行。

肥料與水的問題可以靠魔力解決，所以只要有種子和少許的土壤，亞蘭朵菈菈就能在地面的任何地方長出大樹。

不過，這可是海裡。

是一般樹木無法生長的環境。

「剛才那招並非生長而是還原。這是應用技能的技術，讓木材返回仍然是樹木時的狀態。」

「原來做得到這種事啊？」

「在我遇過的人之中，也只有亞蘭朵菈菈辦得到吧。」

我對訝異的莉特如此回答。

奇襲以失敗告終。

由於亞蘭朵菈菈有這種招式，所以她以前在海上這種對植物能手而言很難說是有利的狀況，才有辦法擔任武裝商船船長進行戰鬥吧。

「可是主體不在。」

亞蘭朵菈菈刺穿的只有屍體。

下個瞬間，露緹眼前的門扉用力打開。

染成鐵鏽色的海水從門裡滿溢而出。

「是毒！」

媞瑟發出警告。

不愧是毒物專家。

打頭陣的露緹只要使用「勇者」加護的抗性技能就不會有事。

莉特與亞蘭朵菈菈的加護都有對於毒物的抗性。

媞瑟是毒物專家，想必也有辦法應對。

也就是說……我們之中可能會被這招擊敗的人只有我。

「引導者」沒有固有技能這種缺點在這種時候就比較傷腦筋。

「交給我吧。」

露緹如此說道。

她做出轉動手臂的動作後，便將手掌伸出去。

這個動作產生渦旋水流，將原本不斷擴散的毒水捲進去後推進貨艙深處。

運用肉體精確操作水流。

甚至連技能都不是。

這是露緹自身的招式……真的太了不起了。

「莉特。」

「了解！凝聚一處就不成問題！水之精靈啊，去除汙穢吧！」

莉特以魔法淨化毒水。

位於貨艙盡頭的怪物好像因為露緹引發的水壓而動彈不得。

確認毒素消失後，我們便衝進貨艙。

「原來是不死群體惡魔……！」

「呃，最讓人厭惡的傢伙出現了。」

見狀的莉特明確露出厭惡的表情。

位在貨艙深處的是聚成一團的無數屍體。

在屍體後頭有著東張西望的黑色眼珠。

那是名叫不死群體惡魔的低智商下級惡魔。

棲息於海中，運用操縱屍體的固有技能襲擊船隻而為人所知。

至於這些傢伙為什麼要襲擊船隻……就是要以人類的屍體製作自己的軀殼。

性質上與寄居蟹相近。

肉體十分脆弱，戰鬥是以遠端操縱的屍體進行。

對於露緹產生的水壓完全沒做任何抵抗，想必也是因為光靠自身的力量什麼也做不到吧。

「……我不太曉得這麼做有沒有意義。」

露緹持劍擺出架勢。

「但我想讓那些人安眠。」

「妳說得對。」

聚在一起的屍體同時看向露緹。

凝視著空蕩蕩的眼窩，露緹筆直向前突擊。

「我們要援助她！」

「嗯！」

「了解了！」

莉特、媞瑟和我三人跟在後頭。

不死群體惡魔解放由屍體手腳複雜交纏的軀殼，打算以數量取勝擊潰我們。

以魔法進行的屍體(Zombie)操作能夠同時操縱的數量有限，而這種數量的同時操縱是惡魔的固有技能才辦得到的技巧。

要在水中戰應付大量敵人是一大難事……不過，現在在這裡的可是曾為勇者隊伍的一群人。

而且露緹找到打倒對手的理由，處於無人能敵的狀態。

我們冷靜地從靠近屍體群的對手開始擊倒，為露緹開出一條路。

水中響起「嘰————」的聲響。

這是不死群體惡魔具甲殼類特徵的嘴巴發出的聲音。

「是雷光嗎！」

與人類相差甚大毒種族的魔法難以看穿！

而且是我們不習慣的水中魔法戰。

就算是同樣的魔法，在水中也有可能產生不同的效果。

火之魔法會變成沒有火，以水蒸氣灼傷對手的魔法，冰之魔法則會變成冰塊這種障礙物。

而且電擊魔法會變成擴散至四方，無法閃躲的魔法。

「唔！」

「啊啊！」

我跟莉特遭到電擊，因此停下動作。

儘管威力比起在地面使用時更小，卻是會妨礙行動且十分難以應付的手段。

然而……

「魔法對我不管用。」

「！」

露緹完全不為所動。

並不是像以前那樣承受魔法，而是魔法本身無法觸及她。

露緹得手的全新技能。

「Sin」的「支配者之衣」會單方面讓魔法失效。

「聖靈魔法盾！」

這是「勇者」固有的魔法，也是製造強力防護盾的魔法。

不過露緹並非為了護身而製作護盾，而是將它放在自己身後。

「喝啊啊！」

露緹放聲大叫。

她蹬了聖靈魔法盾一腳，在水中瞬間加速。

就這樣順勢朝向不死群體惡魔的屍體使出突刺。

那是完全想像不到身在水中的迅猛突刺。

露緹那招將要守護不死群體惡魔而行動的屍體打飛，直接命中不死群體惡魔。

屍體彷彿斷了線一樣停下動作。

看來祂們獲得解放了。

* * *

「噗哈！」

冒出海面的莉特吐出一大口氣。

儘管之前因為魔法而能夠呼吸，在水中呼吸總有一種不順暢的感覺。

體感上會覺得呼吸空氣比較舒服。

「呼～在海底游泳還挺累人的呢。」

莉特抓住船的邊緣。

先上船的我捉住莉特的手臂把她拉上來。

「謝謝。」

「不客氣。」

對於維羅尼亞王國蓋輪帆船的調查已經大致結束。

船舶構造的資訊保存在我們的腦裡。

回到佐爾丹之後就要跟亞蘭朵菈菈召開考察會。

「也有滿多財寶的。」

如此說道的亞蘭朵菈菈戴著以黃金加工製成的頭環。

那是可以將作用於精神的魔法和技能加以反彈的魔法道具。

儘管大多無法抵抗強力魔法，但是應該能抵擋絕大部分的範圍魔法。

這是有魔法師部隊的戰場上慣用的手段，可以抵擋運用恐懼（Fear）魔法降低士兵們士氣的戰術。

除此之外還有魔法劍等多項魔法道具，也有易於攜帶的金銀寶石。

真不愧是維羅尼亞王國的精銳傭兵。

「儘管我本來就知道了，不過今天一天賺的錢隨隨便便就超過藥草店一年的營收呢。」

「相對地也得賭上性命呀。以這次來說，如果是C級冒險者去挑戰那種對手，說不定會全軍覆沒呢。」

「是啊，我知道南洋有強大的怪物，沒想到連這種近海的海底也有那種惡魔，大海真是可怕呢。」

漁夫出海也是在賭命。

「露緹也辛苦了。」

我用毛巾擦拭露緹的頭髮。

當然了，擦拭之前不忘先用淡水洗過。

畢竟沒有確實把海水沖掉的話，就會傷到頭髮。

如果有啟動「勇者」技能，應該連一根頭髮也不會傷到，但露緹現在會盡可能不依靠抗性，像普通人一樣生活。

「謝謝哥哥。」

露緹開心地露出微笑。

「憂憂先生和媞瑟也辛苦了。」

最後是把剛浮上來的媞瑟拉到船上。

不知為何，她揹著一條很大的鰈魚。

「我要帶回去做成竹輪。」

「這、這樣啊。」

從憂憂先生得意地跳來跳去引人注意的模樣來看，那條魚應該是牠抓到的吧。

我以為水裡應該無法使用蜘蛛絲，到底是怎麼抓魚的……

「憂憂先生的絲線在水裡確實無法隨意拋擲，但如果跟釣鉤搭配使用還是可以充分發揮功用喔。」

「真是厲害……」

我是不是該找個時間好好打聽一下憂憂先生做得到哪些事啊？

不對，像這樣被嚇到應該比較有意思吧。

我現在過的不是以前那種需要掌握夥伴能力，不停思考最佳手段的冒險日子。

會對這隻小小蜘蛛的實力感到訝異，也是我們這趟輕度冒險的樂趣之一。

「好啦，既然大家都上來了，我們回去吧。」

「我想直接在船上吃午餐釣個魚呢……」

「我們最近滿常釣魚的。」

雖然我喜歡釣魚，今天光是觀光沉船就很滿足了。

真要說起來，我們根本就沒帶釣竿。

「要來隨時都可以來，畢竟我今後應該也會多調查幾次沉船。」

「說得也是，那就留到下次再釣吧。」

聽亞蘭朵菈菈那麼一說，媞瑟也死了心把抓上來的鰈魚綁緊。

媞瑟釣魚老是只釣大尾的，難不成是因為大魚能製作的竹輪比較多嗎？

當我想著這種無關緊要的事情時，亞蘭朵菈菈已經做好開船的準備。

「那麼我們回去吧。」

就在亞蘭朵菈菈正要開始航行的時候——

「等一下。」

露緹指向大海的另一端。

「有船。」

「嗯？啊，在滿遠的地方。」

仔細凝視便能看見像是船隻的影子。

如果不是在夏天的海上應該能看得更清楚，我從這裡沒辦法判斷那是怎樣的船。

「好怪的船。」

露緹好像看得很清楚的樣子。

「而且破破爛爛的。」

「破破爛爛？」

「八成是在漂流。」

「妳說什麼！」

亞蘭朵菈菈馬上改變船帆的方向。

「過去看看狀況沒關係吧？」

「嗯，麻煩妳了。」

靠我們這艘船應該滿花時間的，但是不能見死不救。

不曉得是遭到怪物襲擊，還是在近海被捲入暴風雨……希望船員平安。

＊　＊　＊

大約一小時後。

我們終於來到漂流船旁邊。

「比想像中還大呢。」

莉特看著漂流船如此說道。

「不過正如同露緹所說，以前從來沒見過這種奇怪的船。」

這算是……箱型的槳帆船嗎？

甲板被木板包覆，就像船上載著箱子一樣。

桅杆只有一根，但是已經折斷。

船體大小接近中型船卻沒有龍骨，吃水看來也滿淺的。

看起來不像能遠洋航行的船舶，不過真要說來，這看起來像是造船技術體系與我們不同的國家所打造的船。

它說不定具備能夠抵禦暴風雨的性能，只是我沒辦法理解罷了。

「儘管如此，損傷到這種程度，想必也沒辦法發揮原有的性能了。」

不只是桅杆，連槳也斷了。

船上有好幾個洞，沒有沉沒還比較奇怪。

「這是箭矢嗎？」

插在船上的應該是箭矢。

海裡的怪物幾乎不會射箭。

是受到海賊襲擊嗎？

「憂憂先生，麻煩你了。」

聽聞媞瑟所說的話，憂憂先生點點頭並用絲線將我們的船和漂流船連繫起來。

「我們上去吧，莉特就留在船上以防萬一。」

「嗯，知道了。我想應該沒啥問題，但你們還是要小心喔。」

「好。」

露緹、亞蘭朵菈菈、媞瑟、憂憂先生和我組成隊伍乘上漂流船。

包覆船身的木板應該是用來當成護盾吧。

木板上方沒有封頂，爬上去以後便能看見甲板的樣子。

甲板有一個小小的船艙。連接貨艙的吊門有兩個啊。

「怪物……看起來是沒有。」

「可是這個……」

媞瑟以悲傷的模樣開口。

甲板上面遍布著死亡。

有十幾個全副武裝的戰士倒地。

沒有活著的跡象。

「對病結界（Resist Disease）。」

亞蘭朵菈菈的魔法包覆了我們。

這是防止疾病傳染的結界。

「看起來應該經過一場死戰，但畢竟是來自遠方的船，還是要預防萬一。」

「謝了。」

我們來到甲板上。

「因為這是吃水較淺的船，我想貨艙只有儲存水跟食物而已。」

「是啊，甲板上也有像是睡袋的東西。」

如果要調查，應該以甲板和船艙為優先吧。

「這也太慘了。」

如此說道的媞瑟一面調查靠著桅杆呈現坐姿的屍體一面開口。

「這是翡翠王國的鎧甲吧？」

倒地的戰士們的裝備獨具特徵。

有打刀、薙刀、上下不對稱的大弓，以及在布上拼接小鐵片製成的鎧甲。

這是東方國度翡翠王國的裝備。

「啊……這艘船該不會是從東方漂流過來的吧？」

「真的很難以置信呢，我不覺得這艘船有那種性能。」

位在大山脈「世界盡頭之壁」另一側的東方國度。

若要前往那裡就得經過繞行大陸北側的航路，或者是在「世界盡頭之壁」發現，商隊好不容易才能通過的陸路。只有這兩種選擇。

就理論上來說，自佐爾丹乘船向東前進應該也能到達那裡，但是沒有商船會走南邊的航路。

沒有港口補給的長期航海、凶暴的南海大型怪物，與說來就來的暴風雨。

要將能抵禦這三種危險的多艘大型船船聚集起來組成大船隊，率領這樣的船隊若有其中一艘活下來就算成功。就是這樣的大冒險。

如果能夠確立繞行南邊的東方航線，佐爾丹應該會以補給地的地位繁榮發展，可是至少在我們還活著的時候應該沒有那個機會。

畢竟人類現在光是對抗魔王軍就忙不過來了。

「會不會載運了什麼強大的祕寶呢？」

就在媞瑟的目光離開眼前屍體的瞬間。

「！」

屍體的手捉住媞瑟的手臂！

「什！」

「公、公主殿下……！」

臉上毫無血色且蒼白，只有眼睛裡有紅色的血液在流動。

那具軀殼應該沒有呼吸才對……！

「你是說公主殿下嗎？」

媞瑟儘管訝異仍然反問。

男子指向船艙。

「拯救世界的……希望……！」

「這句話是什麼意思呢？」

然而男子最後的話語化為帶血的咳嗽，消失殆盡。

他的手臂無力垂下。

「『治癒之手』。」

即使露緹馬上過去治療——

「果然已經死了，治癒之手無法觸及。」

露緹臉上浮現困惑的表情。

「死了也能行動的技能？不對，應該是執著吧。」

光靠剛才的動作沒辦法判斷他的加護是什麼，但我覺得那並非加護的力量。

我感受到超越加護，類似人類堅強意志力的事物。

「那個船艙裡，想必有著他就算喪命也要守護的事物吧。」

「可是……這種狀況。」

亞蘭朵菈菈看似哀傷地說道。

沒有活人的甲板。

他們的死因是戰鬥造成的。

在這種狀況下，很難只有船艙沒事……

「總之先調查看看吧。」

我走向船艙把門打開。

「唔！」

有某個東西向我飛來。

我拔劍迅速將之擊落。

十字形的東西……是手裡劍嗎？

「哥哥！」

手裡劍的攻擊只是障眼法，真正的殺招是用劍攻擊啊。

「可是處於那種走都走不穩的狀態，算不上是奇襲喔。」

我捉住對方伸出來的手臂，往上一扭。

「啊、唔……」

襲擊者是年紀還很輕的少女。

她拿著比死在甲板上的戰士持有的刀更短的刀。

身上穿著的防具是只有守護要害的輕裝備，是個類似媞瑟的輕裝戰士。

這就是所謂翡翠王國的忍者嗎？

「原來還有人活著……亞蘭朵菈菈，麻煩妳治療。」

「好喔。」

露緹的「治癒之手」是只有「勇者」能用的技能。

既然不曉得原本搭乘這艘船的人們有什麼來頭，我們應該隱藏露緹的真實身分。

「不會讓你們靠近公主殿下……！」

「如果換成是我，可不會在這種狀況進行這種拙劣的奇襲。」

「咦……？」

我對著儘管如此仍打算抵抗的少女說道：

「這艘船的狀況令人絕望，無論外來的入侵者是什麼人，倘若想活下去就只能利用入侵者。可是妳卻連收集情報也不做，還以敵對態度展開奇襲，換成是我就不會這樣。」

「…………」

「戰法也很拙劣。就算奇襲成功，也只能夠打倒我，妳會在我剩下的夥伴面前展露毫無防備的姿態，換成是我就不會這樣。」

「……唔唔。」

少女放鬆了力氣。

想必是從我的樣子理解到不是敵人，於是放鬆勉強自己繃緊的氣力吧。

我把少女交給亞蘭朵菈菈。

「她的身子很衰弱，但並不是那麼嚴重。」

「太好了。」

就外頭那些戰士的身體狀況來看，本來以為食物跟水也不夠，但這名少女雖然處於營養失調的狀態，但還不到飢餓的地步。

她應該有辦法到了真的撐不下去才進食吧。

可是居然是忍者啊。

我看過具有「忍者」加護的人，不過還是第一次看到翡翠王國的忍者。

「哥哥。」

在比較裡面的地方調查的露緹向我搭話。

她的聲音讓人覺得事態嚴重。

是在室內中央的屏風另一側嗎？

我跟媞瑟也走向更裡面的地方。

「太慘了……！」

我忍不住說不出話來。

躺在毯子上的是一名女性。

可是她的身體瘦弱異常，完全就是皮包骨的狀態。

雖然微弱，但還有呼吸……可是這種狀態還有辦法存活嗎？

「亞蘭朵菈菈！這邊很不妙！」

我急忙呼喚亞蘭朵菈菈。

「……啊。」

發出聲音。

本來應該不會動的物體動了起來。

「妳先別動，能用治療魔法的夥伴馬上就會過來。」

「是、是誰……」

她的發音很清楚。

在這種半死不活的狀態還有辦法開口，她的生命力真是頑強。

「我是佐爾丹這個國家的藥商。」

「佐爾丹……！」

凹陷的眼睛瞬間閃耀光芒。

「到……了……」

「這下不妙！」

支撐這名女性生命的某種東西即將消散。

「偉大的洪流啊，自源泉汲取而出的生命精靈啊，將逐漸流失的生命連繫起來……！」

亞蘭朵菈菈一看見那名女性便立刻使出魔法。

可是女性的模樣沒有改變。

「這個狀況使用精靈魔法也沒用！」

「無法觸及嗎……！」

「沒事的，雖然跟『十字軍』愛絲妲擅長的領域不同，我也是治療專家喔。」

亞蘭朵菈菈結起另一種印記。

「亡者薔薇（Corpse Rose）！」

女性的身體被彷彿有毒的鮮紅薔薇所包覆。

我還是第一次看見這種植物。

「這是會在人類身上共生的薔薇。原本是吸取宿主的少許生命力活下去的植物，但也具有宿主瀕臨死亡時令宿主再生的力量。儘管被薔薇纏住會動彈不得，也有棘刺會傷到皮膚的缺點，能治療的傷勢比治癒魔法更深入。」

「真是厲害。」

就治癒魔法來說，已經有聖職者系加護使用的法術魔法最為傑出的定論。

不過亞蘭朵菈菈的「木之歌者」可以藉由植物知識來重現只能依靠其他加護產生的效用。

這是沒辦法單靠提高加護等級獲得的強大力量，也很適合亞蘭朵菈菈。

「效果取決於薔薇的活力上限，但由我供應魔力就能灌注活力。論效率則是比法術的『再生（Regenerate）』更好。能以這麼高的效率將魔力轉換為治癒力的招式，除此之外大概就只有『勇者』的『治癒之手』了。」

真不愧是亞蘭朵菈菈。

這下子這名女性想必能夠得救……

「咦？」

然而事情並沒有如我們預料的發展。

亞蘭朵菈菈的薔薇很快在我們眼前逐漸枯萎。

「為什麼！」

亞蘭朵菈菈急忙將薔薇變回種子。

「發動了什麼無法接受亡者薔薇的技能嗎？」

「植物的寄生沒有差別，所以是抗性嗎！」

這下子真的不妙。

搭船返回佐爾丹需要花上許多時間，然而她的現狀八成經不起移動。

可是比亞蘭朵菈菈厲害的治療手段只剩……

「我來。」

「露緹……」

對，只有露緹擁有比亞蘭朵菈菈更強的治癒力。

那就是「勇者」之力。

「但是，我不能見死不救。」

露緹的身體在發光。

她想必是完全解放了經由「Sin」抑制的「勇者」力量。

「『治癒之手』！」

包覆露緹的光芒流進那名女性。

原本像是包覆骨頭的土色肌膚變得紅潤。

為了維持性命而虛弱到無法還原的肉體逐漸再生。

「已經沒有生命危險了。」

我一邊確認她的脈搏一邊開口。

她還是很虛弱。儘管肉體依舊瘦弱，已不再給人瀕臨死亡的印象。

「接下來把她帶去佐爾丹的診所，好好療養後應該就會好起來。」

「哥哥……對不起。」

「沒事的，露緹覺得該運用力量的話就沒關係。畢竟那股力量是屬於妳的。」

「嗯……謝謝。」

我摸摸露緹的頭。

她以很高興的模樣對我露出微笑。

＊　＊　＊

「嗯……」

「哦，妳醒了啊。」

我把裝有熱水的杯子遞給那名少女。

「這裡是……」

「妳在我們船上喔。」

「船……」

看來她的意識還不是很清楚。

我讓眼神無力的少女喝下溫度適中的熱水。

嗯，看起來喝得很不容易，但是沒有把水吐出來。

雖然身體虛弱，不過消化器官的損傷很輕微。

這名少女的進食狀況果然沒有差到沒東西可吃的地步。

我接著準備第二杯飲料。

現在是在船上，沒辦法好好準備適合虛弱身體的熱湯，不過亞蘭朵菈菈用莓果做了

熱果汁。

有甜味的熱果汁應該很適合幫衰弱的身體補充能量。

少女喝了一口遞給她的第二杯飲料，也就是熱果汁之後，眼神終於恢復生氣。

或許是甜味帶來的刺激讓她的腦袋開始運作──

「虎姬大人！」

「虎姬大人？」

心想這名少女怎麼突然大叫，原來是看見我們讓她睡在船上的那名女性便急著打算跑過去……可是她的腳步不穩。

「小心點。」

我急忙扶住少女。

而且不忘抓住裝有果汁的杯子。

「她的身體非常虛弱，應該也沒辦法起身，妳還是別找她說話比較好。」

「你們到底對公主殿下做了什麼！」

「還能做什麼，她差點喪命了，所以幫她治療啊。」

亞蘭朵菈菈像要讓她安心一般笑著回應：

「我叫亞蘭朵菈菈。住在佐爾丹賣花……現在沒有在賣花了，嗯～」

亞蘭朵菈菈煩惱該說什麼頭銜而偏頭思考。

「現在是造船技師吧？」

「不是競技場的冠軍嗎？」

「為興趣而活之人。」

「見義勇為的大姊姊。」

我、莉特、露緹與媞瑟依序回應。

少女一副困惑的樣子。

還有，媞瑟偶爾會表現出的那種不曉得是裝傻還是認真的模樣，到底是怎麼一回事呢？

憂憂先生搖動身體，一副拿她沒辦法的樣子。

「啊～她也是超級厲害的治療師，所以也有治療躺在那邊的公主殿下。她仍在昏睡中，但是性命應該無大礙。」

「太、太好了……」

少女終於鬆了一口氣，這才冷靜下來。

我把裝有果汁的杯子遞給那名少女，並請她坐下。

「我叫雷德，這位是我妹妹露緹，而這位是我的未婚妻莉特。」

「露緹？妳就是勇者露緹嗎！」

少女放聲大叫。

「不，我只是普通的露緹。」

露緹以不變的表情如此回應。

「可是露緹這個名字——」

「露緹不是那麼稀奇的名字……啊～妳來自東方所以不懂我們的名字吧。」

「原來……是這樣啊。」

「很遺憾讓妳失望了，但我並不是勇者。」

「不，是在下思慮不周妄下結論……真的非常抱歉。」

她明確露出失望的神情。

原來勇者露緹大展身手的事蹟也有傳到翡翠王國啊。

「我叫媞瑟，這是我的朋友憂憂先生。」

憂憂先生舉起右前腳打招呼。

「噫！蜘蛛！」

「哎呀，原來妳會怕啊，真是不好意思。」

媞瑟以看似哀傷的動作將憂憂先生藏進包包裡。

「啊，在下才過意不去……在下不太敢接近蟲類。」

少女低下頭再次道歉。

看來是個很老實的女生。

「抱歉還沒自我介紹，在下的名字是葉牡丹。非常感謝各位這次拯救在下一命。」

「妳叫葉牡丹啊，這個名字真是罕見。」

「好像是用葉牡丹這種花的名字取的。」

「原來如此。」

少女有點害臊。

只不過是訴說自己名字的出處，為什麼會害羞呢？

不曉得這是不是翡翠王國的文化。

「躺在這邊的這位是虎姬大人。虎姬大人是在下的主君，也是翡翠王國尊貴名門的公主大人。」

「原來真的是翡翠王國的船啊。」

居然能靠那艘船橫渡世上最危險的海域……真是無法理解船的性能。

不過那艘船是漂流過來的，並非平安橫渡大海。

「同行的武士們都是很厲害的高手！」

葉牡丹得意開口之後，以恍然大悟的模樣繃起表情。

「……公主大人和在下以外的各位怎麼了？」

「我們過來的時候已經來不及了。」

「原來……是這樣啊……」

葉牡丹的眼裡積起淚水。

她急忙抬頭往上看——

「對翡翠王國的武士而言，能為主君而死是一種名譽！真不愧是各位，表現得非常精彩！」

她的聲音在顫抖。

很明顯是在逞強。

翡翠王國啊，嗯……

我等待她的內心平穩下來後繼續說道：

「這艘船正在前往佐爾丹共和國的都市佐爾丹。城裡的人不太會探聽他人的過往，但妳們是從東方漂流過來的人，可能會被問起很多事。」

「咦，啊……那個……」

「妳趁現在整理思緒，分清能講的事跟不能講的事會比較好喔。」

「……雷德閣下不詢問公主殿下和在下的事嗎？」

「假如能問是會問，不過我們只是佐爾丹的市民。那種事是衛兵的工作。」

她們想必是有什麼難言之隱吧。

翡翠王國這個國家在世界的另一側，與暗黑大陸之間只隔著一道海峽，長期持續著對抗魔王軍的戰爭。

勇者梵與薩里烏斯王子的活躍讓西側的戰況有所好轉，但東方的情況或許不太好。

她們如果是來找援軍……想必很難達成目的吧。

或許有可能派遣幾名英雄級的戰士，然而要派軍跨越「世界盡頭之壁」，以如今的人類技術不可能辦到。

假如能請巨龍(Dragon)幫忙將士兵運至「世界盡頭之壁」的另一側又另當別論……然而由我來想這些也無濟於事吧。

「在下……真的很對不起各位。」

葉牡丹低下頭。

她真的一板一眼呢。

「妳服侍的主人還在沉睡，應該沒辦法想說什麼就說吧？不用在意。」

「感謝各位的顧慮。」

「啊，可是有一件事我很想知道！」

莉特從我的背後探出臉來問道：

「妳是忍者嗎？」

「對！在下是忍者！」

葉牡丹以宏亮的嗓門如此回應。

……所謂的忍者是這副德行嗎？

＊　＊　＊

晚上。

平安回到佐爾丹的我們把葉牡丹她們帶往診所。

接下來的事交給醫師和衛兵應該就可以了——

「啊，沒事……謝謝各位……」

如此說道的葉牡丹露出彷彿遭到拋棄的小狗的眼神看向我們，看見她那樣的目光之後，到頭來對衛兵的說明，還有辦理手續轉至由教會經營，具有住院設備的醫院這些事都是由我們幫忙。

不過她待在人生地不熟的國家，夥伴全都陣亡，虎姬這名主君又陷入昏睡。會感到不安也是理所當然。

我們像這樣幫她的忙，約好明天工作結束後再去探望她們，然後到了太陽完全下山時才終於回到店裡。

今天這個假日真是相當刺激呢。

「『世界盡頭之壁』的另一側啊。」

「不曉得到底是什麼樣的世界呢！」

「我想我們不會過去，但是難得有人從東方國度過來，就會想找葉牡丹問問看很多事呢。」

「對呀！」

如此談天的莉特與我，今天也相視而笑吃著晚餐。

今天很忙碌，沒時間上市場也沒時間費心烹調料理，所以現在吃的是用橄欖油跟番茄煮的簡樸湯麵。

雖然樸素但好吃。現在就是這樣便覺得很好吃的心情。

「結果今天變成很不一樣的假日呢。」

「是啊，是個很不一樣的假日。」

與莉特一同度過的平凡日子令人憐愛，不過偶爾發生騷動也滿有趣的。
而且不時會有的奇特假日晚上也像這樣一如往常和莉特共度。
今天也是美好的一天。

第三章

佐爾丹的葉牡丹

早上。

我請莉特顧店，自己在工作室製藥。

製作的藥物是感冒藥和止血劑。

那是日常生活會用到的便宜藥物。

「還有這個。」

滋養強壯的藥物，也就是我們店裡的熱賣商品——藥草餅乾的材料。

能補充營養與促進血液循環，也多少有點鎮痛作用。

但是沒有解熱效果，千萬不能過度依賴。

發燒時推薦與其他感冒藥一同服用。

當然了，精疲力盡到無法進食的時候也不能服用。

這種藥沒有副作用，日常生活攝取也不成問題。反而還有預防感冒的效果。

「這也是一年前跟莉特一起製作的啊。」

真令人懷念。

那時我成功開店，但因為沒有客人上門而十分煩惱。現在增加了不少可以說是常客的顧客，貴族、工匠、商人、農民、冒險者等各式各樣的人也都會來我的店裡。

藥草餅乾是讓我能走到今天，十分重要的第一步。

「當時也有分發試吃品呢。」

後來藥草餅乾售罄，我就高興地抱起莉特。

嗯～現在回想起來就會覺得自己當時在搞什麼，不過那時真的很高興。

「還想跟莉特一起再做些什麼呢。」

雷德藥草店變成雷德＆莉特藥草店後滿一週年。

送禮這點不會變，可是以店鋪的角度來說，想個什麼新商品也不錯。

晚點再找莉特討論看看吧。

「雖然很和平，想做的事卻很多呢。」

送禮給莉特、與莉特一起製作新商品、露緹的成長、亞蘭朵菈菈造船，還有探望葉牡丹。

「而且正在製作給顧客的藥！」

第三章
佐爾丹的葉牡丹

每一天都很充實。

＊　＊　＊

店舖營業平安落幕收尾，時間到了傍晚。

我和莉特走向位於中央區的醫院。

為了去探望葉牡丹她們，今天店舖比較早打烊。

「一週年的新商品啊～嗯～」

莉特雙手抱胸陷入思考。

路上我對莉特提及今天早上想到的點子。

「每個人都需要的那種藥應該比較好吧。」

「是啊。」

藥草餅乾會大賣，就是因為每個顧客都有需求。

「有沒有什麼健康的時候能用的藥呢？」

「健康的時候啊。」

藥物是在身體有異的時使用的。

不過，健康的時候使用的藥物好像也不錯？

「或許不錯喔。回到店裡再來邊看藥草筆記邊想想吧。」

「好耶！」

莉特由於自己的點子受到採納而感到開心。

「我也想一直保持健康呀。就算變成老婆婆，也要跟雷德一起生活。」

「說得也是，我也得保持健康才行。」

「欸嘿嘿。」

店鋪一週年的事是不錯，但我也得思考婚禮的事。

……如果我去對以前還是騎士的自己說聲：「有這種幸福的未來等你迎接」他會相信嗎？

「哈哈，八成不會相信吧。」

「咦？」

我不禁脫口而出。

莉特露出覺得不可思議的表情，我也告訴她剛才自己心裡在想什麼。

莉特高興地紅了臉頰，用脖子的方巾遮掩傻笑的嘴角。

＊　＊　＊

診所與醫院的的差別在於有沒有大型住院設備。
阿瓦隆大陸的診所也是醫師的住處，所以備有兩至三名患者能夠短期住院的設備。
葉牡丹她們也可以住在港區的診所，可是虎姬衰弱的程度感覺不是住院治療幾天就有辦法痊癒，於是我們決定引介之前達南住院的那間醫院給她們。
既然連那個有話直說的達南都乖乖接受治療，那間醫院想必有能夠信賴的醫師和護理師。
真希望那間醫院哪一天也能跟我的店談點生意。
走在中央區的石板路上，可以看見一棟很大的建築物。
到了這樣的規模就不是由醫師個人營運，而是教會經營的狀況比較多，佐爾丹的醫院似乎也不例外。
護理師當中也有一些人是由佐爾丹教會派遣的聖職人員。
服侍病人好像也能當成聖職人員的修行。
「兩位是要探望葉牡丹小姐啊，嗯～應該還要再等一陣子喔。」
醫院櫃檯的一名女性對我們說道。

「所以那艘船怎樣了？」

「沉嘍。」

「沉了？不是漂走嗎？」

「對，為了不讓船漂走，我有先將綁上繩索的重物沉進海裡。」

「不愧是妳，準備得真周到。」

「但我不曉得那是不是船沉下去的原因……」

亞蘭朵菈菈「唔～」沉吟了一聲。

「可是那艘船本來就是隨時有可能沉沒的狀態，應該是不可抗力吧。」

與其這麼說，不如說那艘船光是沒有沉沒就已經令人難以置信。

就我的知識來判斷，那艘船早就應該沉沒。

「這麼說也對，當時我也覺得那艘船還能浮在海上很不可思議。」

「說不定是那名戰士的執著轉移到船上了。」

媞瑟如此說道。

那名戰士就算死了也要將虎姬託付給媞瑟的執著。

如果那艘船也帶有那種執著呢？

「假如那樣就能讓船航行，那可真是浪漫。」

「別這麼說，行船人最後的依靠可是氣勢喔。」

「畢竟亞蘭朵菈菈是到了最後會提出精神論的類型呀。」

堆疊理論、提高機率，倘若這樣還不夠，接下來就靠意志力撐過去。

亞蘭朵菈菈的個性就是這樣。

重視理論的部分和我一樣，但是我沒辦法像她那樣豁達。

「所以說，我們下週也去潛水吧。」

「這個嘛，我就不去了。雖然在意葉牡丹的事，總覺得現在不是揭露那些祕密並且扯上關係的時候。」

而且連續兩週假日都去潛水也有點辛苦。

「真遺憾，哎呀，憂憂先生要陪我去嗎？」

憂憂先生爬到亞蘭朵菈菈的手上吸引她的注意。

亞蘭朵菈菈高興地摸摸牠的肚子。

一個人潛進海底會讓人擔心有什麼萬一，不過有憂憂先生的話想必不會出事。

「葉牡丹她們應該早有心理準備，可是該不該告知船已經沉了呢……」

「畢竟還不清楚葉牡丹的個性，今天就先觀察狀況吧。」

「這樣也好。」

就昨天稍微對話的感覺來看，她給人一板一眼並且好奇心旺盛，十分敬愛主君虎姬的印象。

「很一般的女孩。」

露緹隨口說道。

哦，原來看在露緹的眼裡是那樣啊。

「不過她會害怕憂憂先生倒是令人意外。」

「是啊。」

當然了，這個世上也有人怕蟲子。

不過，受過野外訓練的人就算不情願也會習慣蟲子。

如果有什麼心靈創傷或許另當別論，但是葉牡丹看起來並非那樣。

感覺只是不習慣接觸蟲子而已。

「她們到底為了什麼來到西方呢？」

「不曉得。」

露緹也搖搖頭。

我們絲毫不清楚東方的狀況，再怎麼想也想不出答案吧。

「啊，看來會面結束了。」

媞瑟如此說道。

「妳有辦法知道啊？」

「嗯，因為憂憂先生事先在入口垂好絲線，可以知道佐爾丹議會的人已經走了。」

「還是一樣優秀呢。」

憂憂先生一副得意的樣子。

牠能藉由蜘蛛絲受到觸碰的震動辨別對手。

人族頂尖殺手媞瑟的搭檔不容小覷。

「那麼我們過去吧。」

我吃下剩下的最後一口鬆餅，從位子上站起來。

＊　＊　＊

我們回到醫院。

這麼說來，我到現在才發覺這座醫院沒有名字。

如果直率地思考，佐爾丹聖方教會醫院這種風格的名字感覺比較恰當。

佐爾丹人會只稱呼這裡為醫院，也有人稱呼這裡為中央醫院或教會醫院。

不過醫院入口沒有掛門牌，在此工作的相關人員也只稱之為醫院。

既然沒人為此困擾，那麼這麼叫應該也沒差。

「西方可真是奇怪呢。」

聽了這段故事的葉牡丹以受到文化衝擊的模樣如此說道。

我們來到葉牡丹和虎姬的病房探望她們。

帶來探望的伴手禮有水果，以及剛剛那間咖啡廳買的小份鬆餅。

葉牡丹好像是第一次吃鬆餅，吃第一口時還戰戰兢兢，第二口開始就眼睛放光吃了起來。

「對於在下祖國的人們而言，名字十分重要。名字會與一個人的靈魂相互連繫，有著只能讓父母與主君知曉的規矩。」

「哦，翡翠王國的習俗可真是不一樣。」

「在下曾經聽說西方國家不太講究名字，沒想到竟然真有其事，十分驚訝。」

「西方也有直接沿用父母名字的人喔，像湯瑪斯的兒子會叫湯瑪斯二世之類的。」

「哦哦……」

儘管多少有些差距，西方各國還是擁有相似的文化，不過隔著「世界盡頭之壁」似乎讓東方國家建立起與西方完全不同的文化。

真有趣呢。

「所以葉牡丹並非妳真正的名字？」

「啊。」

面對露緹的疑問，葉牡丹急忙思考該講什麼藉口，不過支支吾吾說不出口。

「不過對我們來說，妳有告訴我們葉牡丹這個名字就夠了，不用在意。」

「好的……真的很抱歉……畢竟在下祖國的習俗就是這樣。」

真的很一板一眼呢。

她好像因為沒有透露本名而感到愧疚。

不過我也是用雷德這個化名自稱，彼此彼此就是了。

「哦～所以說葉牡丹這個名字是後來取的啊。」

「這是虎姬大人賜予在下的名字。她對在下說過，那是在冬季酷寒當中也會綻放，受到祝福的花朵。」

「哦，這個來歷真不錯耶。」

「沒錯！」

葉牡丹高興地如此回應。

儘管那不是真正的名字，她好像非常中意。

也感受得到她和主君虎姬的關係友好。

「虎姬大人的狀況如何？」

如此說道的莉特看向睡在同一間病房裡的虎姬。

她的臉色看起來比昨天紅潤了。

「是的，虎姬大人有時會醒來，但意識好像還不太清醒，目前只有食用些許稀飯，似乎沒有辦法分辨自己身在何處。」

「這樣啊。」

「醫師表示虎姬大人隨時都有可能醒來，不過也有說可能會有好一陣子就這樣一直沉睡……」

葉牡丹一臉不安地凝視虎姬的面容。

雖然我想對她說些什麼……但我不是醫生，不太能說些不負責任的話。

「沒事的。」

露緹寧靜卻有力的聲音在病房裡響起。

「她馬上就會醒來。」

「咦？謝、謝謝露緹閣下的勉勵。」

葉牡丹為之困惑。

想必是因為露緹的說法太過篤定。

我也有點困惑。

不過立刻理解這番話的真正含意。

「……這裡是？」

「虎姬大人！」

原本還在沉睡的公主睜開了眼睛。

儘管臉頰消瘦，她的眼神確實蘊含理性。

「葉牡丹，妾身給妳添麻煩了。」

「不會！沒有那回事！」

葉牡丹抱緊虎姬，哭得抽抽噎噎。

她之前想必十分不安吧。

可是，就算是這樣……

「我聽說翡翠王國的忍者是受過高度訓練的特殊部隊。」

哭得抽抽噎噎的葉牡丹看起來就像符合年紀的少女。

「無論怎樣的組織都會有見習人員吧？」

「這麼說……也對？」

正如莉特所說，無論怎樣的組織都不會突然湧現優秀人才。

會是身手了得的忍者都已經死在船上，只有還在見習的葉牡丹活下來嗎？

我會在意這種事，也是以前養成的習慣呢。

我們在葉牡丹冷靜下來之前，就這麼等待了一陣子。

＊　＊　＊

「不好意思，讓各位看見在下丟臉的一面。」

抽抽噎噎哭了十分鐘左右的葉牡丹如今低著頭，滿臉通紅。

「在外國一個人孤伶伶的，會這樣也很正常。」

「嗯。」

我的鼓勵好像讓葉牡丹稍微打起精神。

「在此再次感謝各位救助妾身等人的性命。」

虎姬以符合高貴身分的言行舉止向我們答謝。

她的面容瘦弱，卻能令人感受到高雅與華美。

我很難判斷她的年紀，不過想必是二十五歲以上的成年女性吧。

儘管她真的很美，然而那是如同人偶一般，令人覺得毫無瑕疵的美。

……啊，對了，就是令人聯想起維羅尼亞王妃蕾諾兒的美貌。

「能夠拯救如此尊貴之人可是至高榮耀。」

畢竟對方是異國的公主大人，而且我也不曉得對方個性如何，於是以騎士團時期學會的禮節低頭。

即使西方的禮節不見得能讓東方的公主理解，但是對方似乎能夠體會我是全心全意向她行禮。

「嗯，你們做得很不錯。妾身應當好好賜予獎賞，可現在漂流到異國，只能給你這個。」

如此說道的虎姬向我遞出髮飾。

那是木製的，原料大概是香木吧。

不曉得價值如何，不過那在東方應該是身分高貴之人使用的物品。

「非常感謝您。」

我恭敬地收下並收入懷裡。

「那麼，這裡是佐爾丹共和國沒錯吧？」

虎姬以認真的表情詢問我們。

「是的，這裡是位在『世界盡頭之壁』另一側的國家。」

「這樣啊……！」

虎姬原本冷靜的表情消失無蹤。

臉上展露喜悅之情，緊緊握住雙拳。

這兩人果然帶著一定要達成的使命來到西方。

船上的戰士留下「拯救世界的希望」這句話。

虎姬究竟懷有怎樣的祕密呢？

「既然知道這點，可就不能待在這裡！」

「請、請等一下！」

虎姬打算從床上起身。

我急忙過去阻止她，不過還沒來得及行動，虎姬便無力倒下。

「虎姬大人！」

「可、可惡，居然因為這點小事……」

身旁的葉牡丹扶住虎姬，溫柔地幫她躺回床上。

「虎姬大人！還請您別太勉強！」

「可是沒時間了，漂流使得我們大幅延遲。」

然而虎姬的身體動彈不得。

畢竟她直到剛才都在昏睡，這也是很正常的。

「再休養兩、三天應該能恢復足以行動的體力，但要再踏上旅途並不容易。」

我的話語讓虎姬咬緊嘴唇感到悔恨。

「請交給在下！」

如此說道的葉牡丹挺起小小的胸膛。

「在下一定會找出『勇者』露緹大人！」

什麼？

這麼說來，剛見面時她也對露緹的名字有所反應，原來她們的目的是和「勇者」見面啊。

「……在我們面前毫無隱瞞喊出這句話沒關係嗎？」

「啊！」

她真是老實，老實過頭了……

虎姬好像也很苦惱的樣子。

＊　＊　＊

五分鐘後。

沮喪的葉牡丹和煩惱的虎姬看來都設法恢復冷靜。

「……我們就當成沒聽到吧。」

「不，事到如今叫你們忘記也太遲了……妾身只是不想因為找尋『勇者』一事而引人矚目。」

「原來如此……」

虎姬好像在思考該怎麼辦。

這下子我們的立場有點麻煩。

「『勇者』露緹下落不明。」

露緹如此說道。

「下落不明嗎！」

「不過有新的『勇者』梵。他應該在對抗魔王軍的前線戰鬥，若兩位需要『勇者』的力量，可以試著去找他商量。只要委託今天葉牡丹交談過的佐爾丹高官，他們應該會為兩位準備隨侍的衛兵與用來移動的船隻。」

之前沒講什麼話的露緹給出思路清晰的建議，嚇了葉牡丹一跳。

不過虎姬則是搖搖頭。

「不，我們需要的是身為真正『勇者』的露緹。」

「真正『勇者』？」

隱藏內心的動搖，我不禁覺得疑惑。

她知道梵的「勇者」是戴密斯神打造的「勇者」仿造品嗎？

我們並不曉得關於東方的資訊。

不知道翡翠王國對於「勇者」、「魔王」與加護的了解到達什麼程度。

沒事的，保持冷靜。

「如果翡翠王國的戰況是陷入苦戰需要戰力，那就不要拘泥於『勇者』，與聯合軍司令部商討應該會比較好。這邊的戰況似乎對我們有利。即使派遣援軍跨越『世界盡頭之壁』到東方大概很難，但聯合軍想必會樂於協助解決兩位的問題。」

「不，問題不在那邊。」

「……既然如此，我們似乎幫不上什麼忙，兩位前去阿瓦隆尼亞王國可能會有什麼收穫。『勇者』露緹好像就是從阿瓦隆尼亞王國開始踏上旅途。」

儘管聽聞我這番話，虎姬還是沒有什麼反應。

這代表……她們手上有關於「勇者」露緹所在地的情報嗎？

「我們聽聞兩位的目的便不禁逾越身分提議，還請見諒。」

「不，感謝你們的忠告。」

那麼接下來該怎麼辦呢……

我沒有深入插手的意思，但是既然她們要找尋露緹，就沒辦法坐視不管。

該以怎樣的立場來收集情報呢？

「這位先生。」

虎姬看著我。

我露出邊境藥商的表情，以視線回應她。

「能不能麻煩讓葉牡丹在你家裡寄住一陣子呢？」

「葉牡丹來我家住？」

「虎姬大人？」

我覺得困惑，葉牡丹則是訝異地提高音量。

「葉牡丹，尋找『勇者』露緹是我們的使命，可是妾身還沒有辦法行動。儘管令人遺憾，但是妾身想在下次滿月前專注於取回自身的力量。」

下次的滿月，那就是六天後吧。

「既然如此，在下更不能讓失去力量的公主殿下獨自待在這裡！」

「別亂了分寸！妳得想清楚現在該以何事為優先。」

「可是公主大人玉體要是有什麼三長兩短，在下就……」

「魔王軍的勢力並沒有觸及佐爾丹這裡。葉牡丹啊，妳得去做該做的事。」

「…………」

她們兩人在我眼前對話，並沒有理會感到困惑的我。

這是要把葉牡丹交給我的意思吧。

「雷德，該怎麼辦？」

莉特在我耳邊細語。

「嗯～該怎麼辦呢……莉特的想法呢？」

「我覺得讓她住在我們家也沒關係。」

「嗯。」

「我們現在知道的資訊太少，讓葉牡丹住下來交流也是一種做法。」

「說得也是，即使會有風險，但是資訊不足可是比風險還要嚴重。」

而且由我跟莉特來應對，應該會比露緹直接應對的風險更低。

「我來買藥草餅乾，順便跟莉特小姐閒聊一下。」

「你不用工作嗎？」

「跟朋友閒聊比較重要吧？」

岡茲以理所當然的態度如此斷言。

他還是老樣子，身為木匠的功夫了得，個性上卻顯得頹廢。

「我有問他坦塔的狀況。」

莉特如此說道。

原來如此，坦塔啊。

他觸及「樞機卿」加護後，就開始認真地做起木匠工作與提高加護等級。所以現在就算走在外頭，也不太會看見坦塔到處玩耍的樣子了。

孩童成長是令人欣喜的事，但也多少覺得寂寞。

「坦塔還好嗎？每天跟大人們一起工作，還有為了提高加護等級而去跟怪物戰鬥，應該都是未曾體驗過的事。有沒有覺得辛苦而哭出來呢？」

「坦塔可是我看中的男人喔。講到對木匠工作的熱情，他已經是我們這邊的第一名了。至於跟怪物戰鬥就好像不是那麼有意願，相對地不會做多餘的事，只管依照指示認真戰鬥。畢竟他也不是以冒險者為目標，這樣的態度應該算剛剛好吧。」

「是啊，戰鬥技巧那些交給熟練的人指導應該就行了。」
「而且工作時管事的可是我喔。才不會把他操到討厭來工作咧！」
「這應該不是可以得意洋洋說出口的事吧。」
我露出苦笑。
不過看來坦塔過得挺開心的。
「所以說，那孩子到底是哪裡來的？」
岡茲看著葉牡丹問道。
葉牡丹又打算用那種誇張的方式打招呼，於是我委婉地阻止她。
「這孩子是葉牡丹，因為一些事情要寄住在我們家五天。」
「哦，還以為又是雷德的妹妹來了。」
「這句玩笑話賣辛香料的老婆婆已經對我說過了，一點也不新鮮嘍。」
「呃。」
看見岡茲露出「糟糕」的表情，我跟莉特都笑了出來。
「這傢伙是岡茲，是我的朋友，也是一名頂級木匠。」
「原來是岡茲閣下！」
「妳好啊，佐爾丹第一的木匠岡茲就是我！如果要蓋房子包在我身上！」

「好、好的！屆時一定會找閣下討論！」

「不不不，妳沒有打算蓋房子吧？」

她應該是在沒什麼人會對她開玩笑的環境長大的吧。

「好啦，我再不回去工作會惹坦塔生氣。莉特小姐，藥草餅乾麻煩來兩打，治療宿醉的藥也來一些。」

「好～」

莉特迅速打包治宿醉的藥和藥草餅乾。

她的手法讓人看得著迷，即使一年前就很靈巧、動作很快，但現在包起藥來又更有效率了。

這也是我們在一起生活一年的成長。

「藥草餅乾……」

葉牡丹繃起一張臉。

八成是想起老婆婆那個辛香料餅乾的味道吧。

「要不要吃一片看看？」

「呃，那個，在下肚子有點……」

「哈哈，妳可以放心。這是使用了蘋果果醬的甜餅乾喔。」

「如果是這樣，那……」

我從放在櫃檯的籃子裡取出一片藥草餅乾，遞給葉牡丹。

葉牡丹緊緊盯著餅乾，聞了一下味道，並確認是不是危險物品。

「她怎麼這麼戒備？」

「因為吃過了賣辛香料的老婆婆的餅乾。」

「啊～原來如此呀。」

岡茲苦笑說道。

「在下失禮了……！」

葉牡丹下定決心咬下藥草餅乾。

「哇啊。」

然後原本緊繃的表情頓時閃閃發亮。

「看來很合妳的胃口。」

「是的！非常好吃！」

她馬上吃了第二口，然後三口就吃光了。

「那片餅乾有摻雜藥物，對於感冒和疲勞很有效。」

「哦哦。」

「它有預防感冒的效果，也能補充孩童成長所需要的營養，是每天吃也沒關係的餅乾，不要過量就好。」

「雷德閣下這裡是很厲害的餅乾店呢！」

「我是賣藥的。」

莉特嘻嘻笑著。

「原本以為她還很緊張，不過多虧雷德，她看起來已經很融入這裡了呢。」

並且如此說道。

與剛離開醫院的時候相比，葉牡丹顯得放鬆許多。

這倒是好事。

「重新自我介紹一下，我叫莉特。請妳多多指教。」

「在下葉牡丹才是請閣下多多關照！莉特閣下，小女子不才，還請多多包容！」

「我想妳應該會擔憂許多事，但至少在這個家裡好好放鬆，讓身心得到休息喔。」

「感謝閣下的顧慮！」

面對站在原地行禮的葉牡丹，莉特面帶微笑又遞出一片藥草餅乾。

葉牡丹眼光發亮地收下餅乾吃下肚。

她那十分珍惜地以兩手拿著餅乾的樣子有點像松鼠。

後來我帶葉牡丹認識一下我家的環境。

她看到浴池也沒有什麼反應，看樣子應該沒有泡澡的習慣。

我在書上讀到翡翠王國的資訊，到了她身上好像都不太符合耶？

「那麼妳有什麼行李要放的話就放在這個房間吧。這裡可以自由運用，不過白天時應該滿吵的，如果在晚上行動後需要在白天補眠，也可以去我跟莉特的寢室。」

「好的！」

「假如要一起用餐我也會做妳的份，但時間對不上時麻煩先跟我說一聲。」

「閣下連餐點都會為在下準備嗎！」

「畢竟都借住我這裡了，食衣住就交給我……妳有準備衣服嗎？」

「嗯，有我身上這件就不成問題！」

「……難不成妳沒有道具箱之類的？」

如果真是這樣，那麼葉牡丹的持有物品就一如外表，只有能放入懷中的程度。

她可是滯留在沒有任何熟人的異國之地還得收集情報，這樣子想必十分不安吧。

不過，她似乎沒發覺我的擔心。

「對，在下帶的東西只有這些。」

如此說道的葉牡丹攤開布囊，將包在裡頭的少許旅行日用品與手裡劍展現出來。

嗯……

「明天去買衣服吧。」

＊　＊　＊

隔天，過了早上顧客較多的時段。

葉牡丹、露緹、媞瑟與我四個人走在佐爾丹城裡。

憂憂先生好像跟亞蘭朵菈菈一起出海了。

他們應該是去調查沉沒的翡翠王國船舶。

我們也得做好該做的事情啊。

「這裡是佐爾丹的冒險者公會。」

「冒險者公會？」

「……嗯，這樣啊，翡翠王國沒有冒險者公會呢。」

在前任勇者的時代，打倒前任魔王後人們重建國家的過程中，因戰爭結束而失去本業的戰士們聚集起來維持治安一事，便是冒險者公會的開端。

當時唯一的國家蓋亞玻利斯王國毀滅，分裂成目前各個國家的過程中，冒險者公會也四散各地增加支部。

不過這些全都是「世界盡頭之壁」這一側的事。

當然了，這與位在東方的天龍王國和翡翠王國沒有關聯。

「冒險者公會是可以對具有戰鬥能力或其他專門技藝的冒險者委任工作的地方。可以委託他們討伐怪物、調查危險地帶，而且也有滿多人會來委託護衛的工作。」

「所以是類似仲介的地方嗎？」

「翡翠王國也有類似的職業嗎？」

「不是，仲介只會幫忙介紹工作，接受委託的人並非隸屬於仲介的組織。」

「原來如此，那麼有點不一樣呢。」

看來仲介應該是讓委託人與自由接案的戰士牽起關係的工作。

公會面對的則是隸屬公會的冒險者們，與仲介工作似是而非。

冒險者公會的業務內容也包括管理，也就是要讓委託人信賴冒險者，並且讓冒險者能夠信任委託事項。

「如果需要人力，來這裡諮詢應該就能得到幫助。冒險者會接受各種委託，所以也能收集情報，但他們絕大多數都只會把情報透露給能夠信賴的對象，葉牡丹才剛來到這裡，大概比較難吧。」

能力。

「這樣啊……」

倘若十分擅長交涉，收集情報應該不是什麼難事，可是葉牡丹看起來不像具備那種

「順帶一提，我們也隸屬冒險者公會喔。」

媞瑟如此說道。

「我和露緹大人是這個佐爾丹冒險者公會的B級冒險者。」

「B級冒險者很厲害嗎？」

「最高階是S級，再來是A級，接下來才是B級，所以是排第三。」

「哦哦～」

聽說由高至低的排名是第三，葉牡丹好像理解到露緹和媞瑟是身手了得的冒險者。

不過排第三應該也會給人「還不到英雄級」這樣的印象。

就我們想要隱瞞露緹「勇者」身分的現況，這種印象應該剛剛好吧。

「要不要進去為妳介紹一下？」

「介紹嗎？」

「先向大家介紹妳是我認識的人，以後若要運用冒險者公會就會比較方便吧？」

「原來如此，是這麼一回事啊！」

我們打開公會的門扉。

「啊，露緹小姐、媞瑟小姐，還有雷德先生！」

「妳好，梅格莉雅小姐。」

梅格莉雅坐在櫃檯，正在磨劍。

為什麼要磨劍啊？

「看起來只像是櫃檯的職員，身上卻有武裝，這就是冒險者公會嗎……！」

「對，這就是冒險者公會。」

「露緹大人所說的話沒有錯，但是感覺會讓事情變得很複雜，請不要把那句話放在心上。」

「……這樣啊。」

受到媞瑟的指謫，露緹有點沮喪。

「那把劍是？」

「我想把它裝飾在牆上。」

「看起來是真的劍耶。」

「公會會長說過因為這裡是冒險者公會，所以掛在牆上的裝飾品也得是真的能拿來用的劍。」

「那樣保養起來感覺很辛苦。」

裝飾用的劍比起作為武器的性能，更重視外表美觀與不易生鏽的材質。在這種公會或店鋪等人來人往的場所，裝飾用劍易於保養的特性尤其重要。

不過梅格莉雅磨的劍是實戰用品，沒有好好保養就會生鏽。

「哈洛德先生一時興起的想法滿令人困擾的呢。」

「他趁迦勒汀先生不在的時候講了些奇怪的話呢。」

「迦勒汀先生不在啊？」

「有個鄰近的冒險者公會聚在一起的集會。那是五年一次的大型集會，會花上一週的時間討論各種事務，所以迦勒汀先生一定得出席才行。」

「那應該才是公會長哈洛德先生該做的事吧？」

「啊哈哈。」

梅格莉雅小姐臉上浮現看似困擾的笑容。

「這裡也有拿劍來裝飾的文化呢。」

葉牡丹似是充滿興趣地說道。

「哦，這孩子是？」

「啊，忘了先自我介紹！在下是翡翠王國的忍者，名叫葉牡丹！因為一些事情，目前在雷德閣下的家裡叨擾！」

「翡翠王國！」

梅格莉雅小姐驚訝地睜大眼睛。

啊～如果迦勒汀在場，應該會連同昨天取得的住院中的虎姬資訊告知公會職員，不過他不在，沒人知道也很正常。

我盡可能簡單扼要地告知葉牡丹來我家的經過。

「還只是這麼小的孩子卻漂流到這裡，夥伴也都……她過得很辛苦呢，嗚嗚。」

梅格莉雅同情葉牡丹的境遇，泛起淚水。

不過當事人葉牡丹一副對梅格莉雅手上的劍很有興趣的樣子，一直盯著看。

「妳喜歡劍嗎？」

露緹如此問道。

「嗯，無論碰上多麼艱辛的命運，優異的劍都能開拓出一條路。」

「這樣啊？」

露緹對於葉牡丹所說的話或許有別的想法，並沒有表達同意。

「這是我的劍。」

露緹拔出揹在背上的劍給葉牡丹看。

那是上頭有洞的哥布林劍。

「這把劍不是很好呢。」

葉牡丹說出直率的感想。

那是來到佐爾丹的時候於哥布林聚落取得的雙手大劍。

由於上頭有洞，這把劍儘管巨大卻是又輕又脆弱，露緹使用至今還是保持劍刃完整無缺。

「對，這把劍並不特別。但我是用這把劍開拓自己的命運。重要的並非使用什麼樣的寶劍，而是對那把劍傾注多少意志。」

「重點在於意志……？」

「嗯，意志。那是人類擁有的事物當中最重要的一項。」

露緹把劍遞給葉牡丹。

葉牡丹緊緊盯著那把劍。

「在下不太明白。」

然後低語了這麼一句。

＊　＊　＊

離開冒險者公會後，我們前往佐爾丹的各個主要設施。

「這一帶是北區旅宿林立的地方。冒險者和來自外面村子販賣農作物的農民也會在這裡留宿。再往前走就是城門了。」

「有股感覺很美味的香氣！」

「這裡是中央區的佐爾丹議會，佐爾丹聖方教會在那邊。葉牡丹是來自翡翠王國的訪客，應該會受到特別款待，需要掌權者幫忙時來這裡討論就行。」

「好大的建築物喔！」

「往西走能看見河川，再過去就是港區。行船人當中也有去過佐爾丹以外國家的人，收集國外的資訊就要來這裡……不過還是別太期待比較好。」

「這就是西方的船啊！跟我知道的船完全不一樣耶！」

「從那裡往北走是南沼區。那裡有管控外來移民與地下社會的盜賊公會。雖然很適合收集情報，但也是治安很差的地方。我沒有盜賊公會的人脈，如果妳需要這一帶的資源時就幫不上忙了。」

「那個人好像在瞪我們，好可怕！」

「往南方走就是南區，通稱平民區。也就是我們居住的區域。有許多工匠住在這邊，佐爾丹的加工品都在這裡製作。即使是跟葉牡丹的目的沒什麼關聯的城鎮，這個地方還不錯喔。」

「又有感覺很美味的香氣……在下肚子餓了。」

＊　＊　＊

午餐時刻的平民區。

「啊嗯啊嗯。」

葉牡丹津津有味地吃著炸白肉魚與炸番薯。

「在下還是第一次吃到炸番薯呢。」

「去年冬天雷德開發了新的油品，味道變得更好了喔。」

「顏來素蔗樣啊！」

「別急別急，要說話等吞下去以後再說。」

「撲豪意思。」

葉牡丹急忙嚥下嘴裡的食物。

「呼……雷德閣下不是藥商嗎，居然還會製油嗎？」

「因為不久前發生過戰爭。當時遇到海路遭到封鎖，進口油品無法運過來的狀況。所以我開發了用佐爾丹這裡的椰子樹就能製成的油。」

「好厲害喔……雷德先生會不會其實就是『勇者』露緹呢？」

「啥？」

我聽見這個出人意料的話語忍不住反問，然後笑出聲來。

「啊哈哈……！」

「這、這當然是開玩笑喔。」

「我當然曉得，可是妳說我是『勇者』露緹耶。」

這還是第一次有人這麼說。

我的「引導者」與最強的加護「勇者」可以說是完全相反的存在。

「我不可能是『勇者』。」

「在下曉得，可是雷德閣下劍術高超，也受到許多人的仰慕。如果有人有困擾，閣下還會製藥製油幫助他人。這不就是『勇者』的行徑嗎？」

「不，完全不一樣。」

「嗯，完全不一樣。」

我和露緹一邊說一邊搖頭。

「『勇者』是最強的存在。比任何人都強大，無論多麼絕望都有辦法面對，不僅能夠治療受傷的人，也能引領士兵在最前方挺身戰鬥。可是無論是劍術、朋友，還是為困擾的人們製作藥物與油品的知識，都不是加護所賦予的。所以哥哥不是『勇者』。」

「這、這麼說也對……」

葉牡丹一副失望的樣子低下頭去。

「妳聽說的『勇者』是怎麼樣的存在？」

露緹的話語讓葉牡丹一下子抬起臉來。

「是正義的一方！」

葉牡丹說得毫不迷惘。

可以看出她的情感裡蘊含期盼。

就像我和露緹一同旅行時遇見的人們一樣，擁有在無計可施的狀況依附「勇者」的期盼。

「…………」

露緹好像想說些什麼。

「各位，想不想吃甜點呢？那裡有水果攤喔。」

不過媞瑟從旁插嘴。

她應該是希望露緹不要再說一些不恰當的發言吧。

「『勇者』露緹到底是怎樣的一個人，沒有實際遇見就不曉得呢。好啦，餐後甜點吃什麼好呢？有甜的也有酸的，種類很多喔。」

我用這句話打斷原本的話題。

「……如果是『勇者』露緹，就會解救在下和大家了。」

葉牡丹輕聲呢喃的這句話，露緹也默默地聽進耳裡。

＊　＊　＊

好啦，已經帶她在城裡走過一趟，接下來要達成今天的另一個目的。

「就是這裡。」

我們造訪的是佐爾丹平民區的服飾店。

掛在入口的看板上寫著「歐芙莅夫人的美妙服飾店」。

「西方店鋪的名字真不一樣，能感受到文化差異。」

葉牡丹望著看板說道。

店名是以圓潤的可愛文字書寫，文字旁邊則畫有張大嘴巴，滿面笑容的女性。

這是莉特很喜歡的店，我之前曾經跟她一起來過。

「進去裡頭說不定會更驚訝喔。」

我帶著葉牡丹打開店門。

門鈴喀啷響起的瞬間，店裡就有一名女性踏著輕盈的腳步衝出來。

「歡迎光臨！哎呀，是雷德、露緹、媞瑟，還有個可愛的女孩！」

「哇！」

身材高挑的女性就此現身。

同時也是經過許多鍛鍊，肌肉十分結實的女性。

「妳好，歐芙菈小姐。」

「你們好呀，莉特沒有一起來呀，真是稀奇。」

「今天想為這孩子準備衣服。她因為一些事情寄住在我們家，但好像只有帶這件衣服的樣子。」

「哎呀呀，那可真是不得了！每天都穿一樣的衣服，心情可是會很鬱悶的！」

歐芙菈彎下魁梧的身軀，讓視線與葉牡丹一樣高。

和購買服裝的顧客面對面時，她一定會讓視線與對方等高。

如果不那麼做，好像就沒辦法看出怎樣的衣物真正適合顧客。

歐芙菈曾經說過：「衣服不單只是別人所看見的景色，千萬不能忘記穿衣的當事人所看見的景色。」

我對於服飾的世界一竅不通，但那一定跟劍術一樣無比深奧。

「哎呀呀，這是翡翠王國的服裝呢。」

「是的！閣下看得出來啊？」

「這當然，只要是阿瓦隆大陸的服裝，我全都知道。」

歐芙菈面帶微笑開口。

她那毫不迷惘的話語，會讓人產生「關於衣物的事情全部交給這個人處理就好了」的安心感。

儘管沒有昂貴到以中央區的貴族為客層，這間店的服飾價格依舊偏高，但我能理解平民區的居民為什麼喜歡這間店。

「來，妳看看這個。」

「咦，這是和服？」

歐芙菈從店內衣櫥拿出翡翠王國風格的服裝。

她以前曾在阿瓦隆大陸南部海路的要地——貿易都市拉克生活，想必是在那裡有了學習廣泛服裝知識的機會吧。

既然葉牡丹會有這種反應，看來這件和服應該不比真正出自東方的和服遜色。

「可惜沒有適合妳的尺寸。我想為妳做一件，但是如果現在就需要衣服的話，就得找找現成品才行。」

「哇哇。」

歐芙菈捉住葉牡丹的肩膀，把她帶去試衣間。

「妳要好好跟她說明怎樣的衣服比較好喔～」

我先對葉牡丹交代了一句。

不過嘛，交給歐芙菈處理想必不會有問題。

「既然都過來了，露緹和媞瑟要不要也買點什麼？」

我回頭看去，發現露緹和媞瑟也在觀看店裡陳列的服裝。

「嗯，我也想買一件。」

露緹如此說道。

至於媞瑟……

「我只是單純看看。我得在衣服裡加入各種機關，所以只能量身訂作喔。」

「原來如此。」

畢竟就殺手的戰鬥風格來看，想必得收納投擲用小刀或鎖鏈等各式物品呢。

話說回來，忍者又是如何？

葉牡丹穿著現成品是否不太方便呢？

「我沒有想得那麼遠耶。」

「應該不成問題吧。就我來看，她那件衣服與其說有什麼機關，不如說是布料縫合的方式下了巧思，容易取出需要的隨身物品。」

「哦，果然區域不同，設計方式也不一樣啊。」

在船上遭受奇襲時，她擲出手裡劍並同時持劍斬殺過來的動作十分流暢。

假如她當時體力充足，我說不定會有點驚訝。

「不過嘛，葉牡丹小姐還不成氣候呢。」

這是媞瑟的說法。

「就算不以英雄級為基準，和一般殺手相比也還是不成氣候。」

「畢竟年紀還小。」

「是啊，不過葉牡丹小姐身懷使命。而且那個使命似乎十分沉重。」

「妳說得對。」

「年紀沒辦法當作藉口。完成使命，或是沒能完成使命……我沒有精確理解翡翠王國的忍者究竟是怎樣的職業，可是對於殺手而言，那就是一切。」

「嗯，我想對於忍者而言也是那樣。」

「所以殺手公會不會分派不可能完成的任務，也會採取假如失敗就把人救出來，重新訓練的方針就是了。」

「畢竟殺手公會的福利制度很紮實嘛，總覺得騎士團的待遇真的很差。」

「呵呵……可是葉牡丹小姐並沒有那樣的後援。我覺得那個使命對於那麼年幼的孩子而言負擔實在太大。」

「……我也這麼覺得喔。」

「我打算在稍遠的地方觀察葉牡丹小姐，心靈上的照護就交給雷德先生嘍。」

「我也不曉得她們的狀況啊，不曉得該深入到什麼地步才好。」

「虎姬小姐的想法也很令人難以捉摸。不過她應該是一位很有才幹的女性……這是我身為殺手的直覺。」

「如果真是這樣，那麼她就是知曉葉牡丹不成氣候，並且認為這樣仍有勝算吧。」

有一部分是因為虎姬身體衰弱，沒辦法推論出她究竟是怎樣的一個人。

即使我沒有要小看對方的意思，可是看見葉牡丹今天的模樣，就會讓我的警戒心沒有那麼強烈。

利用那麼不成氣候的年幼忍者，到底能達到什麼目的呢？

「哥哥，這件衣服怎麼樣？」

露緹拿給我看的是翡翠王國風格的戰士服。

上衣是白色的東方和服，下半身那件紺色的應該是名叫褲裙的服裝吧。

「偶爾穿一下外國的衣服也不錯呢，露緹穿這種衣服也很合適喔。」

「太好了，我去試穿看看。」

露緹一副興高采烈的樣子進入試衣間。

「哈哈。」

我不禁笑出聲來，透露內心欣喜。

現在的露緹對服裝也會產生興趣。

想要穿穿看可愛的衣服，也是露緹恢復的人性之一。

「怎麼樣？」

走出試衣間的露緹，那副模樣當然是非常適合她又很可愛。

＊　＊　＊

購物結束，我們走到店外。

「嗯～真有趣呢。」

如此說道的我望著走在前面的露緹和葉牡丹。

露緹身穿翡翠王國劍士風格的服裝。

葉牡丹則是穿著西方禮服式的黑色連身裙。

「露緹穿著翡翠王國的衣服，葉牡丹穿著佐爾丹的服裝。」

「很有趣呢。」

我和媞瑟兩人並肩點了點頭。

除此之外，葉牡丹還買了睡覺時穿的貼身衣物，以及便於行動且容易融入西側城鎮的長上衣和長褲。

「哼哼。」

露緹好像也滿中意購買的衣服，心情很好。

「…………」

葉牡丹……好像在思考什麼事情的樣子。

她穿上衣服的時候滿高興的，應該不是對衣服有所不滿吧？

「雷德！」

一旁傳來很大的聲音。

「這不是莫格利姆嗎？」

在前方揮手的矮小身影是矮人鍛造師莫格利姆。

「而且摩恩也在。」

莫格利姆身旁是衛兵隊長摩恩。

「你好啊，雷德。有段時間你周遭紛擾到我們得常常見面，不過現在整個安定下來了啊。」

「畢竟去年發生了許多事嘛。」

今年也是直到春天都有很多事要忙，相較之下夏天算是比較平穩。

即使前陣子也發生了「聖者」愛蕾麥特那件事，這個世界就是充滿戰事和冒險。

那點小事還算在日常生活的範圍內。

「話說莫格利姆跟摩恩待在一起可真是罕見。」

「他委託我檢查和修繕衛兵隊使用的裝備呀。」

「這是筆大生意喔！」

「對啊，我要好好發揮實力了！其實有打算找幾個鍛造師分攤工作，為了思考該怎麼規劃就先去看看狀況了。」

然後莫格利姆的視線轉向葉牡丹。

「這是生面孔呀。」

「初次見面，在下是葉牡丹！」

「哦，這孩子真有精神！」

「妳就是翡翠王國過來的女孩啊！」

衛兵隊長摩恩果然知道這件事。

「妳是從翡翠王國千里迢迢過來的啊，想必是一場大冒險呢。」

「旅途十分艱辛。」

「我是鍛造師莫格利姆，這位是衛兵隊長摩恩。如果需要整備或張羅武器，隨時可以來找我談談喔。」

「啊，在下的刀具有灌注術式，所以不需要保養。」

「就算刀是那樣，投擲武器就不是了吧？」

「這位莫格利姆不會製作魔法武器，但身為鍛造師的實力在佐爾丹最為高強。就算是翡翠王國的武器，手裡劍那類的想必能夠仿造出來。」

「呃，啊……」

莫格利姆和摩恩向葉牡丹說聲隨時可以去找他們幫忙，露出溫柔的笑容離開此地。

「…………」

「莫格利姆是武器專家，所以才會知道妳身上藏有其他武器吧。」

「而且摩恩是衛兵隊的隊長。看穿身上隱藏的武器也算是工作的一部分。」

我與媞瑟一起開口安慰葉牡丹。

因為我們知道葉牡丹遇見歐芙菈之後一直陷入沉思的理由。

「……在下很弱嗎？」

葉牡丹看了我的臉之後，無力地提出問題。

＊　＊　＊

下午的雷德&莉特藥草店。

「辛苦了，喝個香草茶吧。」

回到店裡的我把茶杯放到坐下的葉牡丹面前。

「這是用附近山上能摘到的花泡的。」

「……謝謝。」

「露緹和媞瑟也喝吧。」

「謝謝哥哥。」

「謝謝招待。」

我也在露緹和媞瑟面前放下茶杯。

最後放的是自己那杯，然後接著就坐。

我的手藝真不錯，這杯茶挺香的。

「雷德閣下。」

開口的葉牡丹視線依然停留在茶杯上。

「雷德閣下曾與在下以劍交鋒，在下有事想請教。」

「嗯，儘管問吧。」

「在下很弱嗎？」

「妳並不弱。」

這是真心話。

「可是光是今天就遇見三位比在下強大的人。而且昨天見過的辛香料店舖的老婆婆也是……再加上各位就有九個人。」

「妳說得對。」

「摩恩閣下是衛兵隊長，在下還能理解。可是歐芙菈閣下是服飾店老闆、莫格利姆閣下是鍛造師，雷德閣下和莉特閣下是藥商……即使如此，在下還是比各位更弱。」

「光是能看出歐芙菈小姐的實力，就已經很厲害嘍。」

「在下明明身負使命，卻沒有能達成使命的實力……在下覺得這樣實在很沒用，很不甘心。」

不僅身處異國之地，連主君也倒下了。儘管因此心懷不安，她還是為了完成受囑託的使命而擠出氣力。

支撐她那股氣力的是至今累積的經驗。就像我剛才說過的，葉牡丹並不弱。

她在這樣的年紀，就已經累積了能做到這種地步的努力。

面對令人擔憂的狀況，能依靠的經驗就是「一直以來的努力」。

葉牡丹現在愈來愈懷疑自己的努力。

不過這樣也很正常。

在外頭闖蕩就是這麼一回事。

「這不是什麼可以隨便對外人說的事情，不過歐芙菈小姐來到佐爾丹之前，其實是奴隸劍鬥士。」

「奴隸劍鬥士！」

「對，她在大都市的競技場戰鬥，贏取自由後仍持續獲勝，人稱最強劍鬥士『紅狼歐芙菈』的冠軍。」

「原來她是那麼厲害的人啊。」

「我不曉得她後來為什麼不再當劍鬥士，但歐芙菈小姐生活至今的故事絕對不是一帆風順，實力強大也是理所當然。」

「說得……沒錯呢。」

「鍛造師莫格利姆還有辛香料店家的老婆婆也一樣，大家都是撐過了只屬於自己的故事才能走到這裡。」

「他們不是一般人呢。」

「每個人都是這樣啦。」

任何人都有活出自己的故事。

不管是誰都有自己撐過的戰鬥，伴隨培養起來的強大。

我的「引導者」有著「初期等級＋30」這種天生強大的特性，但是如果只依靠那種特性，八成早在途中就已喪命。

「葉牡丹缺乏的是經驗，畢竟妳還是個孩子，這很正常。」

「……是。」

「然而即使如此還是得達成使命……這就是妳的戰鬥。」

「在下很清楚……」

「所以呢，我想說的是這個。」

我喝了一口香草茶。

葉牡丹也受到我的影響，喝起香草茶。

「好好喝。」

葉牡丹的表情稍微放鬆了。

「去做自己現在做得到的事，做不到的事就依靠別人。贏不過的對手就是贏不過，做不到的事就是做不到。抱持這種心態就會輕鬆許多。」

「是。」

就算竭盡心力把事情做到最好，還是有無法達成的事物。

我覺得重要的是不能因此絕望，不能因為這樣就停下腳步。

「目前的狀況看起來不必戰鬥，不用在意實力也沒關係吧？」

最後我說了這麼一句並露出笑容，葉牡丹的臉上也稍微展現笑意。

＊　＊　＊

「妳明天開始打算怎麼辦呢？」

喝完香草茶以後，媞瑟提出問題。

「明天開始啊。」

葉牡丹雙手抱胸「嗯～」顯得很煩惱。

「我有學過，這種時候到酒館收集情報比較好。」

「畢竟這是基本啊。」

她要去酒館打聽「勇者」露緹是否在佐爾丹嗎？

那麼想必不會有成果吧。

「妳有辦法在酒館向不認識的人搭話嗎？」

露緹有點擔心地問道。

葉牡丹眼神游移了一下子，然後——

「我會努力的！」

嗯，這是部下遭遇失敗時的反應，我擔任巴哈姆特騎士團副團長時常常看到。

「妳該先做個沙盤推演。」

「沙盤推演嗎？」

「對。」

露緹似乎無法坐視葉牡丹不管，於是提議先做練習。

她會這麼提議讓我滿意外的。

「我來當酒館的顧客，妳向我搭話吧。」

「在、在下知道了！」

哦哦，突然就開始了。

我和媞瑟急忙移動椅子，在一旁充當觀眾看著她們。

「咕嚕咕嚕。」

露緹手拿杯子，嘴巴說著：「咕嚕咕嚕。」

她應該是想假裝正在喝酒吧。

真可愛。

「那個。」

葉牡丹向她搭話了。

「咕嚕咕嚕。」

露緹一副沒注意到她的樣子，裝出喝酒的模樣。

「那個……閣下知道什麼關於『勇者』露緹的事情嗎？」

有夠直接！

媞瑟也是一臉苦澀……但她表情的變化非常不明顯，不是那麼容易看得出來。

「不知道，話說妳哪位啊？」

露緹冷漠地撂下這句話。

不過她這句台詞毫無抑揚頓挫，聽起來沒那麼冷淡。

「我是葉牡丹，謝謝閣下。」

如此說道的葉牡丹低頭行禮，有點得意地看向我們這邊。

怎麼辦，她比我想像中更不中用耶。

「葉牡丹。」

露緹放下手拿的杯子，重新面對葉牡丹。

「啊，嗯，在下的表現怎麼樣？」

「完全不行。」

露緹絲毫不留情地說道。

「怎、怎麼會！在下覺得有好好提問了！」

葉牡丹顯得很驚訝。

她給自己打的分數似乎是及格分。

「照現在的做法，沒有人會對葉牡丹產生興趣。」

「唔唔。」

「問出情報的基礎，就是先讓對方對妳產生興趣。能以閒聊方式說出來的情報，單靠這一招就能問出來。」

「哦哦！」

「剛才的對話當中，妳沒說出半點關於自己的事。突然被不認識的人問問題，大多數的人都會抱有戒心，不願意回答。」

「唔唔，那在下該怎麼做才好？」

「示範給妳看。」

露緹和葉牡丹互換位子。

「我說啊，媞瑟。」

「我知道雷德先生想說什麼……你在意的是，露緹大人到底有沒有辦法好好呈現這種交談的範例吧？」

「是啊，她有辦法以理服人，或是以領導魅力提高士氣之類的，可是我無法想像露緹在這種情境滔滔不絕的樣子。」

「我也一樣。露緹大人也很擅長收集情報，但她遇到這種情況好像都是以『勇者』

的壓力讓對手害怕，藉此問出答案而已……」

我和媞瑟儘管產生一抹不安，還是在一旁觀望。

「咕嚕咕嚕。」

葉牡丹模仿露緹說出喝酒的擬聲詞，露緹也慢慢靠了過去。

我嚥下一口口水。

「我坐一下這邊喔，哎呀最近怎麼樣啊，今天有夠熱耶，在外頭走一陣子就會口渴，真是受不了呢，給我來杯冰涼的啤酒，還有機會難得，也給我旁邊的人來一杯啤酒。沒什麼，反正我們有緣嘛，話說我叫露緹，妳呢？」

不帶感情到令人震驚的地步！

我跟媞瑟都因為衝擊性太大而僵在原地。

「我叫葉牡丹，謝謝閣下的啤酒。」

「這沒什麼，來吧乾杯，妳還挺會喝的，要不要再來一杯呀？」

「嗯，在下還想再喝。」

「好喔，老闆——再來一杯，話說其實我在找人，妳知不知道什麼關於勇者露緹的傳言呀？」

「哦哦！這樣就不禁令人想回答了！」

「嗯，就是這種感覺。」

好吧，雖然台詞沒半點抑揚頓挫，但我覺得內容本身不錯。

「可是，這種問話方式由我或雷德先生來做應該比較好呢。」

「畢竟露緹比較擅長的應該是偷聽酒館的對話吧。」

她的聽覺與資訊處理能力出類拔萃，所以有辦法在酒館邊吃東西邊將幾十名顧客的交談同時聽進耳裡並加以區分，然後記在腦中。

一起旅行時，我問話的同時露緹也在觀察是否有人對我收集情報的舉動產生反應。

這就是適材適用。

「該怎麼辦呢，你覺得由我們來教比較好嗎？」

「……不，照這樣交給露緹處理就好了吧。」

露緹那種引出情報的思維本身沒有問題。

「失禮了，請容在下坐在這邊。」

「要更親近一點。」

「抱歉，借坐一下。」

「妳活用孩子的身分，用更年幼的語氣比較不會讓人感到戒備。」

「叔叔，可以坐在你旁邊嗎？」

露緹和葉牡丹認真地練習如何收集情報。

如果做得到露緹那一套，至少碰上盜賊公會的小混混也不會出問題吧。

況且佐爾丹不存在「勇者」露緹的情報，現在傳授高階技術也沒有意義。

與其由我或媞瑟打從一開始就教導正確答案，讓她和露緹一同思考，並且學會打聽情報的方法，應該也有利於她的將來。

「我們就在一旁守護她們吧。」

「好的。」

葉牡丹需要有人關照，不過露緹像這樣與其他人交流也是一件好事。

而且她是為了最近才剛認識的孩子，如此設身處地展開交談。

露緹的世界愈來愈寬廣了。

原本孤獨的少女身影已不復存在。

這比任何事物都讓我高興。

＊　＊　＊

到了晚上，葉牡丹睡得很熟。

後來她好像與露緹一起去實地演練，前往平民區的酒館收集情報的樣子。

即使沒能取得任何關於「勇者」露緹的情報，葉牡丹有受到平民區居民誇獎，也有得到建議、受人疼愛，所以她帶著一副建立起自信的樣子，對我們訴說在酒館裡累積的經驗。

坐在身旁的露緹看起來也以她為傲。

「辛苦了。」

莉特對我遞出裝有琥珀色液體的玻璃杯。

「謝謝，這很香呢。」

蜂蜜酒(Mead)。

這是我跟莉特重逢時喝過的那種充滿回憶的酒。

「莉特才是，今天幾乎都是一個人在顧店，辛苦妳了。」

「今天有很多客人來喔，或許是因為天氣有點涼爽吧。」

「應該稍微接近秋天了吧？不過大熱天大概還會持續好一陣子。」

「要到下個月才會比較像秋天吧。」

我喝下一口蜂蜜酒。

「真好喝。」

「我也喝一杯吧。」

獨處的兩人就這麼面對面喝起蜂蜜酒。

寧靜的時光慢慢流逝，這是十分舒適的時間。

「那孩子狀況怎麼樣？」

「妳說葉牡丹啊，嗯……」

這個問題還滿難回答的。

「若要老實說出我的印象，感覺她不像拚命跨海過來的忍者。」

昨天和今天與葉牡丹一同行動的感覺，是她對於佐爾丹這個未知城鎮的擔憂和好奇心，以及認識我和露緹這些新朋友帶來的喜悅。

考量到葉牡丹置身的狀況就會覺得這樣並不奇怪，是很正常的反應。

「可是想到那名戰士的執著就覺得不大對勁。」

已經死去的戰士仍抓住媞瑟並留下那句話的執著十分強烈，可以說儘管我經歷過各式各樣的冒險，也從來沒看過那樣的狀況。

「拯救世界的希望啊。」

我能從葉牡丹身上感受到她想為虎姬努力的意志。

要說她在困境中依然堅強應該也沒錯。

「不過那也是對上戴密斯神，曾與初代勇者交談的我們才知道的事吧。」

「說不定翡翠王國也有阿瓦隆尼亞王國流傳的那種勇者誕生預言之類的東西。」

「或許我們不該以邏輯去思考呢。」

能夠打倒魔王的只有「勇者」露緹。

就是因為有那樣的預言才非得是「勇者」露緹不可。

會不會單純只是這樣呢？

「既然這樣，最好的處理方式應該還是讓她們發覺應該放棄預言，並且選擇合乎邏輯的解決方式吧？」

「果然還是讓她們去梵那邊比較好吧？阿瓦隆大陸各地的英雄現在應該都集聚在前線，看見英雄們的力量之後，她們的想法大概也會改變。」

「這就難說嘍，虎姬大人的執著說不定會往不好的方向鑽牛角尖。」

或許正如莉特所說。

執著有時會讓視野變得狹隘。

「這部分只能期待葉牡丹順利說服她了吧。」

「最好的狀況還是先讓她們透露翡翠王國到底發生了什麼事。」

「既然我們無法回應她們的期待，要對方相信我們並透露情報也不太好啊。」

「實在不想那麼做呢。」

或許會有人覺得既然都調查到這種地步了，事到如今還講這些幹嘛，可是以技術收集情報後加以推測，與藉由信任讓對方全盤托出並不一樣。

即使我不能因為「露緹」是勇者就讓她再去打沒人希望她打的仗，但我想在佐爾丹這個地方做些自己力所能及的事幫助葉牡丹她們。

「嗯？」

感受到外頭有股氣息。

我走向店面把門打開。

「晚安呀。」

「亞蘭朵菈菈。」

來者是亞蘭朵菈菈以及——

「憂憂先生也在呀，你好。」

憂憂先生待在亞蘭朵菈菈的肩膀上。

看起來好像有點累，沒有像平常那樣精神飽滿地抬起前腳打招呼，只有讓身子抖了一下。

「難不成你們出海到這麼晚才回來？」

不愧是把造船當成興趣的高等妖精，那張圖畫得淺顯易懂。

「這裡呢，就是受到損傷的地方。」

亞蘭朵菈菈攤開另一張紙。

這張是船的素描啊。

這麼看來那艘船到處都是損傷，到了令人不忍直視的地步。

真虧它還能浮在海上。

「這樣根本不可能浮起來。」

「咦？」

在一旁聆聽的莉特不禁感到疑惑。

「可是我們發現那艘船的時候，它就浮在海上呀。」

「對，確實是浮在海上，我們登上那艘船的時候也沒看見隨時會下沉的徵兆……可是這裡空了一個洞的船根本不可能浮得起來。」

亞蘭朵菈菈用手指著素描中繪出的損傷，再用設計圖對我們進行更詳細的說明。

「……亞蘭朵菈菈說得沒錯。這兩個洞是致命性的，海水會一口氣灌進貨艙，馬上就會沉船。」

「若是這樣，當時那艘船會浮著就是加護帶來的魔法或技能所導致。」

莉特露出一副無法釋懷的表情。

「最大的可能性應該是魔法，就像蕾諾兒王妃曾讓文狄達特浮起來一樣，只要運用強力魔法就能讓沉重的物品浮起來……可是假如有人使用那麼強大的魔法，我們不可能沒發覺吧？」

「妳說得對。」

魔法本身的力量愈強大，就愈難隱藏魔力的蹤跡。

在島上對戰的「聖者」愛蕾麥特當時是為了占我們上風而刻意運用弱小的魔法，可是像她那樣的高手一旦使出強力魔法，在使用的當下想必就會立刻被莉特或亞蘭朵菈菈察覺。

「對，我也覺得沒有魔法方面的可能性。」

亞蘭朵菈菈同意我的看法。

「既然這樣就是技能了。」

我雙手抱胸陷入思考。

在自己所知的加護和技能之中，有什麼能達成那種效果嗎？

「『行船人』加護的固有技能有類似的招數。」

有種能像操控四肢般操縱船舶，讓船傾側使海水不易灌入，藉此避免沉沒的技能。

「可是就我所知，應該沒有能讓本應沉沒的船浮起來的技能。」

技能與魔法不同，有其極限性。

就算能以無視物理定律的動作操船，也沒辦法擋下灌進船裡的海水，讓本應沉沒的船持續浮起。

「可是那艘船真的浮起來了。」

「有可能是使用了魔法道具嗎？」

莉特如此詢問。

「嗯，這個部分我也調查了滿久，但是沒有找到那一類物品和相關蹤跡。」

「嗯～這樣的話我所能想到的可能性只剩一種了。」

「我導出的結論大概跟妳一樣。」

莉特和亞蘭朵菈菈露出十分嚴肅的表情。

我想必也露出同樣的表情吧。

「那艘船上搭載的是人類與妖精以外的種族，而且還是力量十分強大，足以讓本應沉沒的船船長時間浮在水面漂流的種族……」

「如果是龍就會留下魔力，假如是仙靈就會留下精靈之力呢。」

「少數幾種巨人辦得到那種事，但是巨人種具有物理性的巨大身軀無法乘上那艘船。假如身在足以影響船舶的距離也不可能不被我們發現。」

「既然這樣，剩下的種族只有一種了。」

「也就是說……只能想成是那艘船上有惡魔了。」

兩人都對我說的話表達同意。

＊　＊　＊

惡魔。

這是僅具有一種固有加護的種族總稱。

惡魔的固有加護不會出現在其他種族身上。

如果是天生具有特殊能力但加護本身很平凡的怪物，就可以從具有同樣加護的人類身上取得資訊，將加護能辦到的效果與天生的特殊能力分開研究。

然而惡魔的加護是其獨有的，如果沒有直接調查惡魔本身，便沒有辦法加以研究。

因此惡魔還有惡魔的加護，如今還有許多未能解明的部分。

「我們以前對戰的土之四天王戴思蒙德的種族是大地惡魔。他具有連魔法也不必使用就能自由操縱土地的能力。雖然不曉得那是天生具有的能力還是技能，但在惡魔當中

＊　＊　＊

「這個小鬼是怎樣！」

港區一間聚集行船人的酒館。

葉牡丹遭到一名鬍子很亂的行船人怒罵。

這讓她目瞪口呆。

本來以為她是不是害怕了，但是看來沒事。

只是那樣的表情反而讓行船人更加憤怒。

「運氣真不好。」

我如此低語。

開始收集情報過了三十分鐘，葉牡丹搭話的那名行船人突然開始生氣。

這並不是因為她的應對方式很差。

「那個人只是單純討厭小孩子啊。」

每個人的價值觀不一樣。

我喜歡孩子，但也有人不是那樣。

其中也有像那個行船人一樣，對於孩童無條件抱持惡意的人。

和他待在一起的行船人露出不耐煩的表情，然而看來不會站在葉牡丹這邊。

好了，葉牡丹的下一步會怎麼做呢？

就算只有瞄一眼也好，如果她有對我投以求助的視線就去幫她，但在她那麼做之前不要隨意開口比較好吧。

「我才不想看到小鬼的臉咧。」

「好的。」

葉牡丹以雙手蓋住自己的臉。

「這樣就看不見了。」

那副可愛的模樣讓其他行船人為之失笑，不過討厭孩童的行船人醉醺醺的臉龐變得更紅，並且露出因蛀牙而變黑的牙齒出聲威嚇。

「瞧不起我是不是，臭小鬼——！」

行船人的加護等級並不高，但是很習慣打架。

即使對方只是小孩，依然緊握拳頭毫不猶豫地打算直接揮下去。那樣的拳頭蘊含就算造成最慘的狀況——殺死對手也沒關係的惡意。

葉牡丹維持雙手蓋住臉的姿勢一動也不動。

「給我一瓶！」

我拿起附近桌上的紅酒瓶，扔向行船人的腳邊。

「唔哇！」

行船人踩到紅酒瓶，就這麼發出巨大聲響跌跤了。

那個滑稽的模樣讓周遭的行船人大笑並且悉落他。

「你、你、你這渾蛋！」

行船人站起來，以因為酒精和怒氣而充血的眼神瞪視發笑的行船人。

「是誰搞的鬼！信不信我宰了你們！」

「啊？我們也不爽你那種陰沉的個性啦！」

行船人們紛紛起身開始打架。

店裡的客人也吵吵鬧鬧在一旁助興，店主則是面帶不耐煩的表情把吧台上可能掉落的東西挪開。

在港區的酒館，打架可以說是家常便飯。

「抱歉啊，這個拿去再買一瓶吧。」

我把銀幣放在剛才借用紅酒瓶的桌上。

「不會不會，你做得很不錯，讓人心情暢快。」

坐在那一桌的客人對我舉起酒杯。

其他行船人把葉牡丹帶離吧台，讓她不致於被捲入打架之中。

葉牡丹好像也趁這機會打聽了一些事，看來是有好好收集情報。

明明近在咫尺的地方有人在打架，她還是一如往常。

這點滿像忍者的。

＊　＊　＊

離開酒館時已經過了中午。

走在我身旁的葉牡丹吃著行船人在酒館買給她的肉串。

「啊，雷德閣下也要吃嗎？」

「沒關係，畢竟我也在酒館吃過了。」

「這樣啊。」

其實我有點逞強。

應該順便吃個正餐才對。

不能只拿紅酒跟乳酪當午餐。

葉牡丹津津有味地大口咬下肉串。

「剛才的事我很抱歉。」

「唔？」

把肉吞下肚的葉牡丹看向我。

「閣下說的是什麼事？」

「那種程度的對手，葉牡丹應該有辦法應對吧？」

「是。」

「我雖然知道這點，卻因為妳沒表現出閃躲的樣子就忍不住出手。」

當時葉牡丹以雙手蓋住自己的臉。

讓我不禁覺得她是不是沒有確認狀況。

「沒事的，那種程度就算挨打也不會死。」

「……原來妳是那麼想的啊。」

我不禁露出苦澀的表情。

「這樣不好嗎？」

「不會，也可以那麼做。」

面對不會造成問題的對手，只要忍耐一下就好。

不刺激對手便不會引發多餘的騷動。

對於收集情報而言，這麼做並沒有錯。

可是……

「這次是我的問題。」

「雷德閣下的問題？」

「我不想看見葉牡丹被打的樣子。」

所以才會忍不住出手。

「原、原來是這樣……」

葉牡丹露出驚訝的表情，然後沉默不語。

氣氛有點尷尬。

「啊，葉牡丹。」

我刻意發出稍微大一點的聲音。

「那裡好像有幾個行船人在賣東西喔。」

我指示的方向那邊有個行船人坐在商品前方，向走在路上的人們搭話。

「是行船人的店舖嗎？」

「對，他們把之前經過的港口買的東西拿到其他港口販賣。那算是行船人的副業，翡翠王國沒有這種文化嗎？」

「這個嘛，我對船隻不太熟悉。」

我在書上讀到忍者是在山裡修行。

不知是否不常去港口呢？

「過去看看吧。」

「好。」

我們靠近之後，那些行船人立刻過來搭話。

「這位爸爸，這個墜飾很可愛吧！送給女兒如何？」

居然說我是父親……

這比兄妹還扯吧。

「哎呀，我只是開個玩笑。」

那名行船人像是要打圓場一般笑了出來。

他八成是沒多想就開口叫住我們。

「這個不適合在下呢。」

「這樣啊？我覺得滿適合的……不過妳說得也對，這個設計有點太過孩子氣吧。這邊這個應該很適合？」

我指著紅色寶石搭配銀色基座的墜飾。

看起來像紅寶石，不過是紅尖晶石（Red Spinel）啊。

雖然比紅寶石便宜，但是美麗程度會讓人誤認成紅寶石。

「在下不適合這麼美的物品。」

她謙虛了……看來並非如此，似乎是打從心底這麼想。

「我覺得滿適合妳耶。」

「在下覺得這個比較好。」

「嗯，妳說哪個？」

葉牡丹看著放在角落的墜飾。

有如棘刺的基座鑲有大大的黑色寶石。

……仔細一看便發覺寶石裡浮現紅色眼瞳。

「喂，這個東西被詛咒了！」

「噫！」

我一動怒，行船人便害怕地往後後退。

早知道有問題還敢拿出來賣！這個人也太誇張了！

「畢竟花了不少錢才買到的啊……」

「這個玩意兒這麼可疑，你還真敢買啊。」

我不禁傻眼地如此說道。

「這個多少錢呢？」

「「妳要買嗎！」」

我和行船人同時驚叫出聲。

「喂喂喂，這個東西受到詛咒嘍。雖然沒好好調查就不曉得有什麼影響，但是一定對人有害的效果。」

「哎呀呀，小妹妹真有眼光！可以給妳打七折喔！」

「你這傢伙，都被拆穿是受詛咒的裝備還硬要賣啊！」

「我也是混口飯吃啊！」

我跟行船人大聲爭論，不過葉牡丹拿起墜飾毫不猶豫地戴在身上。

「我對詛咒的抵抗力很強。」

如此說道的葉牡丹露出笑容。

原來如此，她想必有能運用詛咒之力的加護。

「好啊，那個玩意兒已經是小妹妹的東西了！」

行船人以開心的模樣一邊收下款項一邊說道。

既然當事人覺得沒關係，我也沒什麼好說的。

「墜飾啊。」

我也選個墜飾當成禮物送給莉特如何？

嗯～之前已經送過一次了。

「翡翠王國的女性收到怎樣的禮物會高興呢？」

「呃，那個……在下對於這方面的事不太了解。」

畢竟她是忍者又是個孩子嘛。

一天到晚都在訓練，或許不曉得這方面的知識。

「啊，不過收到梳子之類的會很高興。」

「原來如此，時尚的實用品啊。」

我想起莉特美麗的秀髮。

一臉期待的行船人面容令我厭惡，不過商品當中剛好有個以海龍（Sea Drake）角製成，看起來還不錯的梳子。

……就標價來看，我想對方大概誤以為這是鯨魚骨製成的梳子吧。

「就買這個吧。」

「嘿嘿，多謝惠顧啦！」

雖然有點過意不去，但是做生意就是這樣。

「客人要不要順便買這個呢？」

行船人拿了個小小的壺給我看。

一打開蓋子便傳來宜人的香氣。

「這是抹在頭髮上的香油，太太一定會很高興喔。」

「嗯～的確是滿香的……不過不好意思，這可是塗在頭髮上的東西，不曉得材料是什麼，可不能拿去送人。」

「如果你這麼說，不就什麼都不能買了？」

「我是賣藥的，可以自己調合當成禮物喔。」

如此說道的我收下剛買的梳子。

＊　＊　＊

到了黃昏，該去的酒館全都去過了。

「結果一點收穫也沒有……」

葉牡丹不由得垂頭喪氣。

畢竟露緹是在沒人知曉的狀況下待在佐爾丹，外頭的行船人也不可能知道。

「不過妳來這裡之前就幾乎把『勇者』露緹的所有資訊收集齊全了。沒想到『世界盡頭之壁』另一側流傳的資訊跟我們這裡幾乎沒差多少，嚇了我一跳。」

收集情報的時候，有人提到眾所皆知的「勇者」露緹的冒險故事，不過葉牡丹一點也不驚訝的樣子。

「在下是從虎姬大人那裡聽說的。『勇者』露緹真的是很厲害的英雄。」

葉牡丹雙眼閃耀光芒。

虎姬啊……

「晚點我想去探望虎姬大人的狀況，葉牡丹呢？」

「探望！原來也可以這樣啊！」

「啊，對喔，沒跟妳說過可以去探望呢。」

以為是這裡的常識，就沒告訴她這麼重要的事。

「抱歉啊。」

「千萬別這麼說！在下也想去探望虎姬大人！」

「好，那麼事不宜遲，現在過去吧。」

就在這個時候——

「原來在這裡啊！」

後面傳來怒吼聲。

回頭一看，發覺白天那個討厭小孩的行船人抖著肩膀瞪向我們。

「你這個混蛋扔了瓶子過來吧，饒不了你！」

「就為了這個一直在找我嗎？」

這傢伙真是執著。

「在酒館打架不是鬧完以後喝個酒就該忘掉嗎？」

「吵死了！」

這下子很麻煩，我覺得逃跑也沒關係，可是以這傢伙的個性來看，應該會搜遍佐爾丹甚至找到我的店裡。

沒辦法，應付他一下吧。

「雷德閣下，這點事麻煩交給在下處理。」

葉牡丹挺身擋在我面前。

「不，他這次的目標應該是我，由我來吧。」

「正因為如此，請讓在下報答雷德閣下在酒館相助的恩情！」

「嗯……這麼說也對。」

葉牡丹還是孩子，同時也是身負使命的戰士。

一直讓她欠我人情也會過意不去吧。

「嘿嘿，我早就想連同小鬼頭一起宰掉了。」

「這傢伙真危險。」

考量到他今後還有可能闖禍，趁機在這裡讓他無法再作亂是不是比較好？

「葉牡丹，這人不是什麼好東西，不過不能殺他喔。」

「原來如此，在下了解了！」

我朝著正要把手伸向手裡劍的葉牡丹出言提醒。

這傢伙也挺危險的。

「赤手空拳也能應付嗎？」

「當然！請閣下放心！」

葉牡丹擺出架勢。

那個架勢有點怪。

拳頭沒有握緊，但也不是張開。

她的雙手朝向對方，好像要用指甲抓人一樣彎曲指尖，並且伸直膝蓋提高重心。

那是翡翠王國的武術嗎？

右手。

「讓妳知道大人有多麼可怕！」

行船人沒有戒備葉牡丹的架勢，舉起拳頭衝了過來。

儘管體格高大的大人衝過來，葉牡丹仍然不為所動，並在進入攻擊距離的瞬間揮下

「唔喔？」

用手指勾住對手的身體，將對手摔倒在地。

這招就連我也沒辦法模仿，看來她的手指經過大量鍛鍊。

「喝啊！」

葉牡丹的手用力打在行船人的臉上，他的背脊因為遭受劇烈撞擊而痛苦不已。

啪嘰一聲。

葉牡丹的手指戳進行船人的臉。

威力強大。

就算目睹她的戰鬥方式，還是無法判斷葉牡丹的加護是什麼。

看起來不是「武鬥家」，那會不會是赤手空拳也能戰鬥的加護呢？

「還想打嗎？」

葉牡丹如此詢問。

看這樣赤手空拳比使劍還要強吧？

「我、我、我要殺死妳。」

行船人看來還有戰意……樣子好像不太對勁？

「葉牡丹危險！」

我連忙大喊發出警告。

之前沒注意到行船人的左手緊緊握著護符。

「去死吧——！」

那是火之魔法——火箭！

那個護符是用完就丟的魔法道具，無論是誰都可以運用封入其中的魔法。

「可惡！居然在打架時使用魔法！」

我太小看那個行船人的惡意了！

在城裡對人使用攻擊魔法可是重罪。

肯定會被衛兵抓起來，落入關進監獄的下場。

沒想到他會在這種打架的場合做到那種地步！

「葉牡丹！」

我急忙跑去受到火焰圍繞的葉牡丹身邊。

喜悅之情在葉牡丹臉上擴散開來。

「謝謝閣下通知，現在立刻去探望吧！」

「也好，我們快點去探望她吧。」

要是在這裡繼續閒聊，感覺葉牡丹會衝出去。

我們快步前往虎姬的病房。

「哦哦，不只葉牡丹，露緹閣下和雷德閣下也來啦，多謝各位來訪。」

「虎姬大人！」

葉牡丹跑至虎姬身邊，摸著她的手露出開心的笑容。

虎姬痊癒速度之快，彷彿我們一開始看見的那副慘狀不曾存在。

肌膚恢復光澤，肌肉也重回原本消瘦的身體。

儘管接受了露緹的「治癒之手」，過不了幾天能恢復成這樣還是很了不起。

「虎姬大人看起來很有精神呢。」

「嗯，想必是佐爾丹的空氣很適合我吧。」

如此說道的虎姬露出安穩的笑容。

「葉牡丹，知道『勇者』露緹的行蹤了嗎？」

「非、非常抱歉！直到現在都還沒有任何線索……」

「這樣啊，妳就繼續深入探索吧。」

「遵、遵命！」

虎姬沒有催促，而是溫柔開口。

「葉牡丹有沒有給各位添麻煩呢？」

「沒有，就像剛才我受到暴徒襲擊，也是她大顯身手將對方打倒後送到衛兵隊。」

「哦。」

虎姬露出覺得很意外的表情。

「不過她還不成氣候，想必也會有給各位添麻煩的時候，還請多加關照。」

這番話與其說出自主君，更像父母會說的話。

原來是這樣啊……說不定虎姬的目的早已達成。

「可以稍微聊聊嗎？」

「要和妾身談話嗎，可以喔。」

取得虎姬的同意之後——

「葉牡丹，妳先離開一下。」

「咦？好、好的……知道了，請恕在下失禮。」

葉牡丹一個人走出病房。

「那麼……」

虎姬再次面向我們這邊。

該從哪裡說起呢……

「虎姬大人，我就開門見山問了，妳不是翡翠王國的公主，甚至不是人類吧？」

虎姬嘆了一口氣。

「公主其實是葉牡丹吧。」

「是的，因為我們判斷讓敵人以為我是目標比較安心。」

「而且妳還打算讓我們守護葉牡丹。」

「到頭來變成是在欺騙各位，關於這點我打從心底抱持歉意，可是我沒時間揭露自己惡魔的身分，等待各位願意相信我……但是我們過來這裡絕不是為了加害於人類。而是因為只有這裡才有守護公主的力量。」

自稱虎姬的惡魔看向露緹。

「『勇者』露緹，拜託妳，請守護葉牡丹。」

「妳察覺到我的身分，是在我救妳的時候嗎？」

「對，因為妳對我使用了『治癒之手』。我們從魔王軍那裡得到『勇者』在佐爾丹的情報，而且在那時確定妳就是真正的『勇者』。」

然後虎姬以端整的姿勢低下頭。

「我對利用妳的善心一事致歉，並打從心底為無法報答妳的恩情一事感到羞愧。」

「別在意，妳真正的名字是？」

「我的名字是亞托拉，以前曾是魔王軍水之四天王。」

魔王軍四天王！

「嚇我一跳，沒想到妳這麼有來頭。」

「我在輸給愛絲葛菈妲之後，四天王的地位便遭到剝奪，現在連魔王軍也不是，只是個普通的惡魔罷了。」

戴著面具的愛絲妲會名聞遐邇，正是因為和這位亞托拉戰鬥並使其身負重傷，逼得她撤退。

「我們四天王的敗北讓公主順利到達『勇者』身邊，這想必也是命運的安排。」

亞托拉維持虎姬的模樣，表情平靜。

「魔王軍最高幹部捨命也要守護的公主到底是什麼人？」

面對露緹的問題，亞托拉沉默了一會兒。

然後從床上站起身來。

「各位知不知道，現在這一代的魔王泰拉克遜並非戴密斯神命定的正統魔王？」

魔王軍。」

「嗯。」

「泰拉克遜毀滅了正統的憤怒魔王撒旦大人，並且奪走魔王之力，進而造就現在的魔王軍。」

「那和葉牡丹有什麼關聯？」

「……葉牡丹是惡魔公主，也就是魔王的女兒。」

「魔王的女兒……！」

我不禁倒抽一口氣。

「翡翠王國與魔王軍長期持續戰爭與停戰。那也代表人類國家當中與魔王軍關係最深的就是翡翠王國。兩國之間除了憎恨以外，同時也有奇妙的互助關係。若要以翡翠王國的語言來形容，就是持續進行『光榮戰役』。」

「所以翡翠王國才會出手相助，讓葉牡丹逃離魔王的追兵嗎？」

「只要能確保公主的安全，上級惡魔們就會離開魔王軍。而且公主積蓄力量以後，憤怒魔王之力也會回到身為正統繼承人的公主身上，那麼一來令中級以下惡魔服從的『魔王』之力也會消失。公主是為暗黑大陸帶來和平的希望。」

這是超乎想像的發言。葉牡丹確實是拯救世界的希望。

人類對抗魔王軍的戰爭無論占了多少上風，阿瓦隆大陸的航海技術依舊無法觸及魔王泰拉克遜，可是能打倒泰拉克遜的人就在這裡。

「我知道自己是在拜託『勇者』守護將來的『魔王』，這種要求一點也不合理，但我就算心知肚明也要拜託妳！『勇者』露緹，請守護拯救世界的希望！」

「鏗！」響起一聲巨響。

那是亞托拉的額頭撞擊地板的聲音。

「求妳了！請守護這個命運！」

這個景象真是不可思議。

身為魔王軍最高幹部的四天王，居然在懇求露緹守護將來的魔王。

真沒想到「勇者」的宿命會以這種形式追來……

「哥哥……」

露緹看向我。

她在尋求「該怎麼做才好」的意見。

可是——

「這是該由露緹自己決定的命運，無論妳怎麼回應，我都會尊重妳的意志。」

我對著她如此說道。

露緹先是閉上眼睛，似乎是下定決心了。

「……我知道了，謝謝哥哥。」

露緹筆直盯著亞托拉。

然後伸出手：

「『勇者』露緹已經不在了，所以『勇者』不會幫助葉牡丹。」

「……………」

「我想守護葉牡丹，是因為她成為我的朋友。我們認識的時間還很短，所以對葉牡丹還不了解。因此我想知道更多葉牡丹的事，才會想守護她。」

露緹以不帶半點迷惘的話語如此述說。

「我會在這裡並非為了什麼命運，我是以自己的意志待在這裡。」

「謝謝妳……！」

亞托拉流下淚水。

這真是很不可思議的景象。

＊　＊　＊

破曉之時，朝日冒出水平線。

一名身穿和服的女性獨自站在海岸的沙灘上。

亞托拉依舊維持人類的姿態，迎接今天這一天。

「以人類的外表踏上旅途，出乎意料得挺不錯啊。」

亞托拉的腦中浮現與葉牡丹一同旅行的回憶。

那是一段艱辛，時時刻刻無法放鬆的旅程。

儘管如此……第一次見識這個世界，慢慢了解這個世界的葉牡丹真的很美。

對於身為長命種的亞托拉而言，那是已經忘卻多時的感情和感動。

「被逼著服從冒牌魔王前往戰場，還一直遭到壓榨的我們存活至今的意義……對於迎接無數次敗北的我們而言，只要能守住妳，就是最後的贏家。」

東邊的海上出現無數的身影。

飛舞在空中的飛龍騎兵。

以前曾經由魔王軍風之四天王甘德魯率領的航空騎兵隊。

那是曾經震懾各國騎士團的魔王軍最大威脅。

「韋德斯拉和瑪杜。」

現在率領飛龍騎兵的是兩名阿修羅——新的風之四天王韋德斯拉，以及新的水之四天王瑪杜。

「終於來了啊。」

追兵的船隻全都遭到亞托拉擊沉。

然而魔王軍有著能夠飛越任何海域的翅膀。

所以亞托拉才需要急忙達成目標。

必須趕在韋德斯拉他們到來之前，得到「勇者」露緹的信賴，讓她願意守護葉牡丹。

這個目標順利達成了。

葉牡丹將由最強「勇者」加以保護。

接下來……只剩下讓自己成為替身。

「魔王的女兒在哪裡！」

兩名四天王在亞托拉頭頂盤旋。

「就在這裡，妾身現在要報父親大人的仇。」

亞托拉維持虎姬的樣貌，瞪視飛在空中的魔王軍。

她不能運用原本的力量。

（就算總有一天會察覺，把我的屍體帶回暗黑大陸調查應該也能拖延許多時間。）

亞托拉展開旅行的時候，就已經把佐爾丹定為旅途的終點。

追殺過來的韋德斯拉和瑪杜都不曾直接見過身為魔王女兒的葉牡丹。

為了讓上級惡魔服從，並且預防下一個魔王候補誕生在某處，魔王泰拉克遜必須盡可能讓魔王的女兒活下來，並且待在自己所能觸及之處。

只有最低限度的人知情。

而且魔王的女兒是上級惡魔，對她而言外表只不過是可以自由變換的東西。

自己殺死的對手究竟是魔王的女兒還是別的惡魔，沒有辦法當場查明。

所以亞托拉才會拜託翡翠王國的人把自己當成公主，為了迎來今天這樣的結局而持續旅途和戰鬥。

（我的首級就讓給你們吧……不過我也會讓你們身負重傷，讓你們無法襲擊佐爾丹追殺活人。）

飛龍騎兵架起騎乘槍(Lance)降落。

「上帝棘劍(Overlord Wrath)。」

亞托拉呼喚這個名字之後，她的手中出現刀身超過兩公尺的大劍。

「放馬過來！」

亞托拉以大劍迎戰俯衝突擊的飛龍騎兵。

「噫嘎啊啊啊！」

飛龍騎兵們隨著慘叫聲遭到大卸八塊。

碎裂的長槍與肉塊灑落。

「怎麼會！那是魔王之劍！」

「據說由魔王氏族代代相傳的傳說武具嗎！」

韋德斯拉等人訝異叫道。

「瑪杜，該我們上了！」

「好，光靠小兵沒辦法取勝呢！」

兩名四天王也加入戰局，接二連三展開攻勢。

面對以魔王之劍使出的強力一擊，韋德斯拉採取的戰術不是一鼓作氣大舉進攻，而是以波狀攻擊消磨對手。

（就算再怎麼沒用也是四天王，懂得選擇正確的戰術。我就是在等你們這麼做。）

為了展開波狀攻擊，敵人需要保持一定的距離。

亞托拉的目標就是這樣的距離。

（這就是現在沒辦法使用水之四天王技能的我，所能釋放的最強火力！）

亞托拉將魔王之劍插入地面，舉起雙手結印。

「漆黑之血，毀滅之話語，貫穿樂園的上帝之矛！終焉之刻到來！惡魔熾焰！」

那是暗黑大陸的上級惡魔所傳承的力量。

解放自身持有的一切魔力，以此破壞敵人的最高級祕術魔法。

「糟了！」

所有的飛龍騎兵都在魔法範圍之內。

亞托拉運用帶出來的魔王之劍，也是為了這一刻的布局。

「咕喔喔喔！」

黑色火焰爆裂，黑暗渦旋逐漸吞噬飛龍騎兵們。

這一擊將來到佐爾丹之後專心療養，藉此積蓄的所有魔力完全釋放。

「呼、呼……」

亞托拉抑制忍不住想跪下的衝動，兀然站立。

魔王軍的士兵們墜落後一動也不動，然而在士兵當中有兩個身影站起身來。

「不愧是魔王的女兒……真有兩把刷子。」

「但是這招用錯了，應該留點力氣逃跑的。」

暗黑大陸最強的魔法也沒有強大到能打倒韋德斯拉和瑪杜。

亞托拉已經無力再戰，勝負已定。

（我贏了。）

亞托拉在心中痛快地大笑。

敵人已經失去兵力與代步工具。

為了把亞托拉的屍體帶回去，不知道得花上多少時間。

盡是失敗的亞托拉等魔王軍四天王的最後一戰，將以如同心中期待的勝利作結。

（永別了，葉牡丹，妳一定要成為強大的魔王……強大到能取回在這裡被奪走的魔王之劍……啊啊，還有……啊啊……）

亞托拉對於最後湧現的感情感到困惑，但是她沒有深入探討的時間，就此接受。

韋德斯拉和瑪杜捨棄騎乘槍，拔劍出鞘。

「希望妳永遠不會失去那個笑容。」

儘管自己沒有察覺，亞托拉那乃是關心女兒的家長會說的話。

兩名阿修羅高舉佩劍，衝向坦然站在原地的亞托拉。

勝負已定……本應是這樣。

「既然這樣，妳就不可以死在這裡吧！」

銅劍以迅如雷光的速度擋下兩名阿修羅的劍。

「居然擋下我們的劍！」

「你是什麼人！」

面對阿修羅的叫喊，男人無懼地笑出來。

＊　＊　＊

趕、趕上了……

我隱藏內心的動搖露出笑容。

表現得十分從容，打亂對手步調就是我的戰鬥方式。

實際上都冒出冷汗了。

零點一秒，真的是在千鈞一髮之際成功擋下。

驚險到讓我不禁想要感謝神明了。

「我只是個藥商。」

「藥商！這樣啊，你就是希望的雙翼吉迪恩嗎！」

其中一個阿修羅惡魔如此叫喊。

「人類這邊都不曉得我的真實身分，只有魔王軍知道得這麼清楚真傷腦筋。」

「你是與錫桑丹交過手的劍士啊，為什麼要庇護魔王的女兒？」

「這有什麼好奇怪的嗎？既然認識的人即將被殺，理所當然要出手相助吧。」

「真受不了，人類就是這樣。」

兩名阿修羅持劍擺起架式。

以前的對手盡是多刀流的阿修羅惡魔，但是這兩人是單靠一把劍來戰鬥。

又被逼得進行情報不多的戰鬥了。

其實本來想向亞托拉多打聽一點資訊再開戰的……

可是聽說亞托拉溜出醫院，我馬上發覺她打算代替葉牡丹送死。

沒時間搜索她的足跡，只是猜測追兵應該會從東邊海域繞過來，火速趕到這裡。

我的預測成真真是太好了，確實是在最後一刻趕到，相當幸運。

真是的，如果能夠平安回去，葉牡丹真該好好對亞托拉說教。

「雷德閣下小心！他們是最近成為四天王的韋德斯拉和瑪杜！在阿修羅戰士當中的實力也是最強級別！」

怪不得他們的劍氣如此驚人。

「喂，妳有沒有辦法變身成比較輕的樣子？」

我對亞托拉問道。

「如果是矮人的小孩就有辦法。」

「好，那就變吧。」

亞托拉的外貌變成矮人族的男孩子。

接下來只要能製造一瞬間的空檔就行了。

我對韋德斯拉使出攻擊。

對方以劍防禦。

「抱歉了，莫格利姆！」

我像要把劍扔出去一般鬆手。

「唔喔喔？」

韋德斯拉嚇了一跳。

我的劍以緊緊抵住的韋德斯拉的劍為軸心開始迴旋，砍中他的頭。

雖然傷口很淺，韋德斯拉的臉還是噴出鮮血。

巴哈姆特騎士團流捨輪返。

這不是加護所帶來的技能，而是劍術。

設想與強於自己的高手以刀劍互抵時加以應付的虛劍。

在露出瞬間的空檔就會遭受斬擊的距離，放開自己的劍能令對手出其不意，而且以對手的劍為軸心迴旋的劍也無法防禦。

不過要看穿這招也很容易，這種奇招頂多只有第一次有用。

巴哈姆特騎士團流有著各種追求生存的虛劍與邪劍招數，儘管如此仍有「正規劍術才是最強」的教誨。

我不認為剛才使出的劍技具有能打倒四天王的威力。

只要能讓對手停下動作就已足夠！

「『雷光迅步』！」

我使出「雷光迅步」的同時轉身，抓起亞托拉變成矮人少年的身體後一口氣加速。

「別想跑！」

另一名阿修羅惡魔——瑪杜朝著逃跑的我背後刺了一劍。

「！」

劍停了下來。

蜘蛛絲微微反射光線。

瑪杜對於陷阱有所戒備，瞬間將注意力放到絲線末端。

當然了，那裡什麼也沒有，我根本沒時間設下陷阱。

不過是位於我腰包的憂憂先生釋放的絲線，在進入兩名阿修羅惡魔視線死角的瞬間所釋放的障眼法。

原本不該在那裡的東西突然出現。

瑪杜身為一流的戰士，不可能忽視未知的事物。

「……唔！」

我的手中沒有劍，現在無法承受任何斬擊。

所以沒必要回頭。

只要全心全力奔跑就行。

奔跑之後過了三十七秒。

可以看見露緹等人的身影。

「敵人是魔王軍新四天王的阿修羅惡魔！」

我只喊了這麼一句就在露緹身旁停下腳步。

操勞過度的身體發出哀號。

「還以為要死了！」

我放下抱在手裡的亞托拉。

大量湧出的汗滴落地面。

「謝謝你，憂憂先生，救了我一命。」

從腰包裡探出投來的憂憂先生也是一副「剛才真是危險」的放心模樣。

然後便跳到媞瑟的肩膀上。

「他們兩個強得不得了，如果沒有先擬好對策，我真的無法招架。」

「能成為魔王軍四天王果然很有一套呢。」

如此說道的亞蘭朵菈菈露出嚴肅的表情。

她曾經對上土之戴思蒙德，知道他們有多麼強大。

我會依靠捨棄佩劍這種奇招，也是判斷自己連爭取時間等待露緹抵達都很困難。

「虎姬大人！」

葉牡丹抓起化身矮人少年的亞托拉。

「您到底為什麼要這麼做？」

亞托拉似乎心亂如麻。

那個可怕的魔王軍四天王居然會在我們面前露出思緒混亂的模樣，人生會碰上什麼事情真是難以預料呢。

「在下不要！不要！」

葉牡丹一邊哭一邊說了好幾次同樣的話。

「這就跟亞托拉把葉牡丹當成女兒看待一樣。」

「這是什麼意思？」

「葉牡丹也把妳當成母親看待。」

「我……」

看來亞托拉不曉得該怎麼處理自己的情感。

「好啦，亞托拉已經沒辦法戰鬥，只能由我們迎擊。」

我從莉特的道具箱拿出在維羅尼亞王國的沉船裡發現的寶劍。

那是由名匠製作的高價魔法劍，不過面對四天王還是有點不太可靠。

「由我帶頭，媞瑟提供援助。」

「了解。」

露緹拔劍挺身向前。

我雖然想給點建議……不過自己都是看穿對手的加護再擬定對策，沒有加護的阿修羅惡魔對我來說堪稱天敵。

「沒事的，相信露緹吧。」

莉特如此說道。

「妳說得對……」

這次我也該在露緹的指揮下專心提供援助。

對手是四天王。

儘管不是出自惡魔的正統四天王，然而光是一個土之戴思蒙德就讓以前的我們數次陷入苦戰。

就算說當時的露緹與四天王實力相差無幾也不為過吧。

具有同等實力的對手有兩人……

露緹能封住對手加護的「支配者」技能，對於沒有加護的阿修羅惡魔不管用。

即使露緹強大無比，他們仍是不能輕視的對手。

「為什麼，勇者露緹……妳應該知道我在這裡死去是最好的做法。」

亞托拉的聲音聽起來帶著斥責的意思。

「因為我的朋友哭了。」

如此回應的露緹沒有回頭。

兩名阿修羅惡魔逐漸逼近。

「既然吉迪恩在這裡，另一名希望的雙翼果然也在啊。」

韋德斯拉看著露緹的身影說道：

「『勇者』露緹！」

瑪杜持劍擺出架式。

那是將持劍的手往後拉的獨特姿勢。

與錫桑丹的風格很像。

「『勇者』為何要守護『魔王』！妳的劍還有正義嗎！」

「露緹閣下……」

聽到瑪杜的叫喊，葉牡丹擔憂似的看向露緹。

「我並非正義的一方。」

露緹的劍尖指向瑪杜。

「我只是以自己的意志戰鬥。」

「原來如此，所以不會被別人訴說的正義所迷惑啊。」

韋德斯拉和瑪杜的表情為之扭曲。

「「真有趣！這才是人類呀！」」

韋德斯拉與瑪杜同時衝了過來。

露緹正面加以迎擊。

彼此的劍不停互斬，令人眼花撩亂。

四天王果然強得不得了。

「莉特！亞蘭朵菈菈！我們來牽制瑪杜！」

「「了解！」」

就算沒辦法取勝，打破一對二的狀況還是會給露緹帶來優勢。

「沒問題的。」

然而媞瑟制止了我們。

「這樣就結束了。」

媞瑟拋出小刀。

射出的小刀在空中變換軌道。

那是用蜘蛛絲加以反彈嗎？

「盡使些小技倆！」

阿修羅惡魔們只用一個動作便躲開媞瑟劃出複雜軌道的小刀。

唔，他們連媞瑟不按牌理出牌的攻擊都能看穿啊。

「嗯，這樣就夠了。」

露緹的劍變得更快。

她以我的眼睛追不上的速度揮劍。

「太快了，斬擊看起來就像同時揮出。」

「正如錫桑丹所說，這已經超出『勇者』的範疇。」

阿修羅惡魔的身體線條不自然地扭曲。

魁梧的身軀沿著肩膀劃過側腹的軌跡滑落。

「這就是勇者露緹……！」

亞托拉和葉牡丹一副驚訝不已的樣子。

媞瑟的招數讓對手產生些許的空檔。

為了能在那時趁隙進攻，露緹先將劍速降低至足以應戰的程度，能以這種戰法取勝想必正如她的預料。

露緹不當「勇者」以後變得更強了。

這是因為她以前戰鬥的理由是「勇者」所賦予的，然而現在不一樣了，戰鬥的理由是出自自身的意志。

而且那也是「打算在戰鬥中取勝」的意志。

「妳變強了呢。」

「這都是因為哥哥你們拯救了我。」

如此說道的露緹綻放笑容。

「封神！」

「怎、怎麼了？」

亞托拉忽然發出叫聲。

她在拳頭大小的鐵球上，用自己的血描繪印記。

然後那兩名阿修羅惡魔的身體發出光芒，那些光芒就此被吸進鐵球裡。

「這、這樣他們就不會再復活……這是我們為了打倒阿修羅所研究的祕術。」

「虎姬大人！」

葉牡丹急忙扶持感覺快要倒下的亞托拉。

亞托拉深深呼出一口氣。

「阿修羅惡魔果然會復活啊！」

亞托拉對我說的話表示同意。

「對，他們並非戴密斯神的創造物。所以置身戴密斯神造就的輪迴轉生之外。阿修羅的輪迴轉生是以自身完結……阿修羅死後會轉生為同樣的阿修羅。他們是不死不滅的存在。」

「怎麼會！」

莉特大喊：

「那麼錫桑丹不就……我還沒有替師父報仇嗎！」

我以前就想過錫桑丹會復活應該有什麼祕密，只是沒想到他是根本殺不死的存在……這樣的解答真是太沒有道理了。

我抱著莉特的肩膀讓她靠過來。

「不過可以像這樣將他們封印起來，只要不用物理手段打碎這個鐵球，阿修羅就無法轉生。」

「假如有那個封印……」

莉特緊緊閉上眼睛之後，放鬆肩膀的力氣呼出一口氣。

「錫桑丹如果再次來到佐爾丹，我一定會解決他。」

「說得對，到時候我也會一起戰鬥喔。」

報仇的話題就說到這裡。

莉特不會為了找出錫桑丹不惜離開佐爾丹……她選擇和我在一起的生活。

「這對於人類方來說是一場巨大的勝利呢。」

媞瑟如此說道。

亞蘭朵菈菈也點點頭。

「這就代表魔王軍四天王已經全軍覆沒了吧？」

「對，火之杜雷德納因為讓我們逃跑而喪命。魔王軍進攻需要空軍和海軍，所以讓阿修羅掛名四天王，但這也解決了。曾為魔王軍主戰力的四天王麾下軍隊想必會變得無法正常運作。」

空軍啊，那是這個大陸沒有的概念呢。

戰爭剛開始時人類不停敗退的一大原因，正是敵方有能飛上天空的飛龍騎兵。

無論如何，魔王軍的追兵全軍覆沒，也沒辦法把情報帶回去。

或許總有一天會有下一批追兵，但是魔王軍若以阿修羅惡魔就算死去也會復活帶回情報這點為前提，應該至少要等到他們設想的最晚回歸日期過了以後，才會察覺事態有異。我想應該有半年是安全的吧？

至少目前是我們贏了。

「亞托拉。」

「…………」

「能活著真是太好了。」

「沒錯！」

代替沉默的亞托拉，葉牡丹以宏亮的嗓門如此回應。

第五章

一起生活至今過了一年

在世界角落的邊境，決定世界命運的戰鬥在無人知曉的狀況下進行之後過了一晚。

「早安。」

「早安。」

我和莉特一如以往同時起床，互相朝著對方開口。

拉開窗簾，一如往常的朝陽就從窗戶灑落。

「「嗯～」」

我們在同一時間伸個懶腰，看著對方的臉笑了。

然後走到院子裡沐浴晨間的陽光。

兩人一起做點簡單的體操。

遠方的樹木上有鳥兒鳴叫。

清風吹拂，莉特似乎很舒服地瞇起眼睛。

即使是佐爾丹的夏天，這個時段還算是挺宜人的。

「好啦，今天也開開心心工作吧。」
「嗯！」
昨天因為亞托拉的事臨時休息，今天得好好努力才行。
而且今天努力過後，明天就是假日。
我們洗個臉回到家裡。
為了準備早餐，我穿上圍裙站在廚房。
今天露緹她們也會過來，所以要準備五人份。
加熱平底鍋用奶油煎培根，煎出油以後再把蛋打下去。
等待時間就用鹽水煮馬鈴薯。
切片的檸檬放進剛從水井打上來的冰水裡。
今天早餐的主題是既簡單又好吃。

＊　＊　＊

餐桌旁坐著莉特、露緹、媞瑟、憂憂先生、葉牡丹和我。
「「「「我開動了。」」」」

大家都吃得津津有味。

並非特別的菜色，並非特別的時間，今天仍是美好的早晨。

「後來亞托拉的狀況怎麼樣？」

「聽說要等五天後才能出院，被醫師罵了一頓。」

「哈哈，她都溜出醫院了，結果回來時變回住院第一天的狀態，肯定會被罵的。」

在耗盡所有魔力之後，似乎不該勉強自己使出封印祕術。

後來亞托拉倒下並昏了過去，導致我們必須急忙把她搬到醫院的狀況……不過那樣昏倒也很正常吧。

葉牡丹又得再等一段時間，才有辦法與亞托拉一起生活了。

「葉牡丹和亞托拉打算就這樣在佐爾丹住下來嗎？」

「是的，我們預定在虎姬大人出院後，在露緹閣下的宅第附近租屋居住。」

葉牡丹和亞托拉還沒決定今後要怎麼辦，不過已經決定要在佐爾丹停留一段日子。

「我今天打算去找房子，露緹閣下也會跟我一起去喔！」

「是嗎？」

「嗯，我是佐爾丹的可靠前輩，看房子也是交給我就能放心。」

露緹一副充滿自信的樣子抬頭挺胸。

真的很可靠呢。

「若是進攻阿瓦隆大陸失敗，魔王的向心力想必也會減少。飛龍騎兵也全軍覆沒，他們當然敵不過露緹，可是現在連對抗亞托拉的戰力也沒有吧？」

「假如他們知道封印祕術，應該也會猶豫要不要派遣阿修羅惡魔過來呢。」

「是啊，對於魔王泰拉克遜來說，絕對不會反叛他的夥伴就只有同族。無論是惡魔、半獸人還是矮人，都只是以力量逼迫他們服從而已。」

葉牡丹已經不需隱瞞自己來自暗黑大陸的事情，我們也能從她身上問到各種關於暗黑大陸和魔王軍的資訊。

只是她一出生就以魔王公主的身分在城裡度過，泰拉克遜成為魔王之後也一直將她軟禁，似乎沒有什麼親眼見證的知識。

對於葉牡丹而言，和亞托拉一起踏上的旅程就是她第一次接觸外面的世界。

「虎姬大人教導了在下許多事情。她在翡翠王國請在下吃的黑輪很好吃呢。」

「黑輪是翡翠王國傳進來的料理呢，佐爾丹也有喔，妳可以吃吃看。」

「真的嗎！等虎姬大人恢復精神之後，在下就去吃吃看！」

葉牡丹一聽見黑輪便目光閃亮。

「葉牡丹，妳知道虎姬的真實身分是亞托拉以後，仍然叫她虎姬呢。」

聽見莉特的問題，葉牡丹不禁臉紅。

「其實……幫亞托拉小姐取了虎姬大人這個名字的人正是在下。」

她的語氣有點變了。

那不是忍者的言行，而是葉牡丹本來講話的感覺吧。

「在下沒有自己的名字。」

「沒有名字？」

「是的，魔王的氏族會繼承魔王之名。在成為魔王之前什麼都不是，在下也只是一直被稱為『魔王大人的女兒』並受到那樣的看待。在下連身為自己父親的魔王長相也不曉得。所以從亞托拉小姐那裡得到葉牡丹這個名字的時候，才第一次有了誕生在這個世上的感覺。」

「……原來是這樣啊。」

「在下那時也想送點東西給亞托拉小姐。她在思考化名的時候，在下對她說自稱虎姬就可以了。這或許只是在下的自我滿足……可是虎姬大人為此感到高興。」

魔王的日子也不好過啊……

為了不讓魔王偏離作為邪惡之王的責任，別讓她累積多餘的經驗或許比較好吧。

既然如此，葉牡丹說不定能成為與以前的魔王都不一樣的存在。

「這樣啊，那我們也稱呼她虎姬大人吧。」

「嗯，在佐爾丹這裡，虎姬大人是翡翠王國的公主殿下，也是葉牡丹的主君。」

聽到我和莉特這麼說，葉牡丹露出高興的笑容。

……我再一次覺得虎姬能夠得救真是太好了。

「話、話說雷德&莉特藥草店要製作一週年的商品吧？」

或許是說出自己最重要的心聲使她害羞了吧，葉牡丹有點強硬地轉換話題。

令人會心一笑。

「嗯，其實我已經有點子了，打算在打烊以後開始製作喔。」

「既然這樣今天由我顧店，雷德就去製作吧。」

莉特如此說道。

但是我搖搖頭。

「我想要和製作藥草餅乾時一樣的過程。」

「一樣的過程……？」

「我想和莉特一起製作，雷德&莉特藥草店的一週年紀念商品非得這樣才行。」

「是、是這樣嗎……欸嘿嘿。」

莉特以脖子上的方巾遮掩放鬆的嘴角。

我很喜歡莉特那樣的動作。

「那麼今天由我來顧店。」

「在下也來幫忙！」

「我也會在藥草農園的工作結束後過來這裡幫忙喔。」

露緹、葉牡丹與媞瑟探出身子說道。

「這樣好嗎？而且葉牡丹不是得找尋住處嗎？」

「魔王軍的追兵應該暫時不會過來，在下和虎姬大人都多了不少餘裕。儘管在下認為這點小事無法回報恩情，還是想盡可能幫上各位的忙！」

「哥哥的店舖很歡樂，葉牡丹一定也很中意。」

「謝謝妳們三個。」

曾經是勇者的露緹和終將成為魔王的葉牡丹並肩站在邊境的藥店裡。

虎姬說過這是命運，但我覺得這若是命運，描繪這種命運的想必不是戴密斯神。

不知道為什麼，有種十分暢快的心情。

＊　＊　＊

第五章

一起生活至今過了一年

雷德&莉特藥草店，工作室。

我和莉特兩人並肩坐下。

「那你想到了什麼點子呢？」

莉特拿起放在桌上，裝有乾燥藥草的瓶子開口。

「我們的店舖是賣藥的。」

「嗯。」

「所謂的藥物幾乎都是身體不好的時候拿來使用。」

「是啊。」

「這次要做的也是身體不好時拿來用的藥，但我想以與健康不同的方向製作。」

「不同的方向是什麼！」

莉特以期待的模樣向我提問。

那樣的反應很有意思。

「就算不會痛，人類的身體還是會每天受傷，我打算製作能治癒那種傷的藥物。」

我撫摸莉特美麗的金髮。

「雷、雷德？」

「雷德&莉特藥草店的一週年紀念商品是護髮的藥。」

概念上是能讓頭髮抵禦雨水和乾燥，香氣收斂且宜人，就算長時間、長期使用也不會有副作用，不會破壞髮型的藥物。

「我對調配的內容已經有所頭緒，接下來只要調整就好。」

「好厲害！」

「不過我的頭髮滿強韌的，不太需要這種藥就是了。」

「雷德的髮質的確很不錯呢。」

莉特用力搔了搔我的頭髮。

「嗯……咳！所以說我今天想多做幾種樣品，再麻煩莉特給我建議。」

「我的建議？」

「對，我想將莉特覺得最好的調配製成商品。這很適合拿來當雷德&莉特藥草店的一週年紀念商品吧？」

「是啊！……欸嘿嘿。」

莉特又驚又喜。

她有這樣的反應也令我十分高興。

「那我會做出各種調配，莉特就待在我身邊。」

「當然好，我會一直待在雷德的身邊喔。」

感覺自己的臉在發熱。

做了幾種樣品，莉特也確實提出意見。

不斷嘗試各種不同的調配。

店面的營業時間結束，和露緹她們一起吃過晚餐，大家都回去以後，我和莉特繼續待在工作室裡。

已經篩選出幾種候選商品。

接下來只要調整香氣的強度……

「「完成！」」

我和莉特牽起手露出笑容。

「好，那麼我在明天之前多做一些。」

「明天我去分發試用品喔！」

真令人期待明天。

今天也是既開心又幸福的一天（慢生活）。

＊　＊　＊

隔天。

莉特拿著裝有試用品的籃子，花了大約兩個小時走遍了佐爾丹。

我也對這段時間來到店裡的客人推薦。

和藥草餅乾當時不同，願意購買的女性顧客很多。

這應該也代表我和莉特的店在這一年有獲得那麼多信賴吧。

總覺得高興的心情再次湧了上來。

就在感到高興之時，一名老紳士拿起了藥。

「哦，這看來挺不錯。」

他是在中央區的貴族那邊工作的管家。

今天看起來是休假，他不是穿著平時的工作服，而是比較寬鬆的襯衫。

我記得他已經結婚了。

「要不要送給您太太呢？她一定會很中意喔。」

「說得也是，其實我們結婚紀念日快到了。」

如此說道的老紳士將兩瓶藥放到櫃檯上。

「既然是你們的一週年紀念商品，拿來送禮想必十分合適，畢竟我們夫妻也想要像你們一樣感情融洽。」

「呃，唔，那個……謝謝。」

看見我支支吾吾的樣子，老紳士便開心發笑。

後來到了中午，莉特回來了。

居民的反應很不錯。

託莉特分發試用品的福，下午開始顧客人數有所增加。

到了傍晚要打烊的時候，我們準備的藥已經全部賣完。

「辛苦妳了，莉特。」

「辛苦你了，雷德。」

我們看著對方的臉，然後互相擊掌。

回想起之前受到店鋪第一次門庭若市的影響，不禁興奮地抱起莉特的事。

這次也這麼做吧。

「哇！」

「莉特，一直以來都很謝謝妳。」

「欸嘿嘿，跟一年前一樣耶。」

「並不是那樣喔。」

我和莉特的感情比一年前更深了。

莉特是我無法替代，十分重要的人。

「莉特……我有個東西想給妳。」

我一邊把莉特放下來一邊開口。

「嗯，我也有個東西想給雷德。」

莉特也如此說道。

我們維持可以碰觸彼此的距離拿出包裹。

「莉特。」

「嗯。」

「謝謝妳這一年來一直陪在我身邊，還有我今後也想一直和妳在一起。」

莉特將發笑的嘴角藏進脖子的方巾後方，然後打開包裹。

裡頭是我在港區買的海龍角製梳子以及昨天剛做好的藥。

儘管一週年紀念商品算是為了店舖製作……但那也是為莉特所做的藥。

「莉特的頭髮十分美麗，我也想好好珍惜它。」

「謝謝你，我真的很高興！」

這次輪到我打開從莉特手上拿到的包裹。

裡頭放的是與莉特纏在脖子上的那條相同設計的方巾。

「我們分頭行動的時間還滿多的吧，可是只要有了那個，就會覺得我們一直都連繫在一起。」

我將方巾纏在自己的左手臂。

「這樣好看嗎？」

「嗯！就跟我的方巾一樣好看！」

我把莉特抱過來，輕輕吻上她的唇瓣。

明年的我們想必已經成為名符其實的夫妻。

今天是第一次男女朋友的紀念日，也是最後一次。

這麼一想，就覺得莉特更加惹人憐愛了。

終章

兩人踏上旅程

暗黑大陸。地下世界安達迪普（Underdeep）。位在其中的阿修羅國度「阿修羅格舍德拉」，其首都魔王城。

坐於王座，體格龐大的阿修羅——

憤怒魔王泰拉克遜，以及跪在面前的阿修羅戰士錫桑丹。

「這場戰爭吾等會輸嗎？」

「是。」

面對魔王的問題，錫桑丹加以肯定。

魔王暫且閉上眼睛，然後持刀站起身來。

「既然如此，吾得親自出馬。」

「……假如王落敗了，想必會失去魔王之力。」

「正是如此。」

「王如果不在，阿修羅的轉生想必也會停滯。」

「正是如此。然而吾既是冒牌的魔王，也是真正的勇者。」

「是！」

「吾非得挺身而出不可，從惡神與魔王手中拯救世界是身為勇者的阿修羅王的職責。」

「既然您心意已決，請讓我跟隨在您身邊，我們的王。」

只有一把刀、旅行用的一套衣裝、一束藥草，以及永不言退的勇氣。

那是勇者的風格，阿修羅知曉有些力量只會從缺乏當中獲得。

勇者阿修羅最後的旅程開始了。

＊　＊　＊

這一天，我去莫格利姆店裡取回之前送修的銅劍，走在回家的路上。

儘管那把劍擋下兩名四天王的一擊之後產生裂痕，現在已經恢復原狀。

莫格利姆的技藝果然高超。

「雷德。」

有個聲音把我叫住。

「亞蘭朵菈菈！」

熟悉的高等妖精摯友亞蘭朵菈菈站在那裡。

「這幾天都沒看到妳，不知道妳在做什麼。」

「去做各種準備嘍。」

亞蘭朵菈菈的表情蒙上些許陰影。

「發生了什麼事嗎？」

「不是那樣的。但我今天是來與雷德道別的喔。」

「道別！」

我訝異地叫出聲來。

「我打算回祈萊明王國一趟，想在封印書庫做點調查。」

「封印書庫！」

傳聞中封印木妖精時代危險知識的高等妖精禁書嗎？

「魔王軍有一頭飛龍活了下來，我有幫忙治療。打算騎牠飛過去，但是我想至少得花一個月上下。」

「亞蘭朵菈菈連飛龍也能操控啊？」

「略懂嘍。畢竟本來就經過魔王軍的調教，而且也不是要騎去戰鬥。」

「可是怎麼會急著要去祈萊明王國調查事情？」

「……我想調查『魔王』加護的資訊。」

「這樣啊。」

亞蘭朵菈菈為什麼會這麼想，我也有了頭緒。

「『勇者』加護是為了重現初代勇者而打造出來的。那麼『魔王』加護呢？」

「把那當成是重現『對戰初代勇者的真正魔王』會比較自然吧。」

「對……葉牡丹和露緹的『Sin』很像。」

「關於『魔王』的加護，阿瓦隆大陸留下的資訊很少，可是祈萊明王國可能還找得到，畢竟高等妖精是從以前存活至今的種族。」

亞蘭朵菈菈是為了露緹才打算前去北方祈萊明王國。

「亞蘭朵菈菈，謝謝妳。」

「這是我該做的，你和露緹都是我重要的朋友。」

亞蘭朵菈菈握著我的手。

「如果能聽我許一個任性的願望……你要等我回來再舉辦和莉特的婚禮喔，我也想直接祝賀你們。」

「啊哈哈，這我曉得啦，我會期待亞蘭朵菈菈回來的。」

亞蘭朵菈菈露出高興的笑容。
然後就此離開佐爾丹，踏上旅程。

後記

非常感謝您購讀這本書！我是作者ざっぽん。

以第二年夏天為舞台的第十二集，在海中游泳的亞蘭朵菈菈封面插畫真的很棒。這次やすも老師的插畫色彩也很美呢。收到草圖時，就萬分期待看見完成後的插圖。

就像插畫繪製的一樣，第十二集是為了亞蘭朵菈菈的興趣出海的故事，以及在海上遇見的少女與前勇者露緹的故事。

還有撰寫勇者故事時所需的另一面，也就是魔王。由於戴密斯神與勇者之間的故事已經告一個段落，接下來要述說的就是魔王的故事。

既然勇者的目的是要打倒魔王，就算說魔王的存在會決定勇者這個存在的所作所為也不為過。若要找出會有這種關聯的理由，有可能變成庸俗的故事，可是本作品有著對自由自在的慢生活加以束縛的加護，這樣的加護存在的意義就在於勇者和魔王這種存在……所以我認為寫完這個主題以後，應該也能寫完一篇「勇者得到幸福的故事」。

另外一個很重要的事件，就是雷德與莉特開始一起生活一年的里程碑。而且訂好婚約的他們倆的人生也即將迎接相當重大的事件。

希望各位讀者在下一集也能繼續為那三人加油打氣。

接下來是作品相關資訊！

本作品由池野雅博老師作畫的漫畫版第十一集，以及以莉特為主角的外傳《沒能成為真正夥伴的公主殿下，決定到邊境展開慢活人生（暫譯）》第二集預定在五月二十六日（五）發售（註：此處資訊皆為日文出版情形）。這兩部作品都是很好看的漫畫，還請各位讀者務必購讀。

一本書的完成會經過許多的過程，而每個過程的負責人總是很傑出地完成工作，真的非常感謝各位。

下一集也請多多指教了！

那麼各位讀者，我們在第十三集再會吧！

2023年　畏懼藍天中四處飛散的花粉　ざっぽん

我是擔任本書插畫的やすも。
這一集也感謝各位的支持！

刀劍神域外傳GGO 1~12 待續

Kadokawa Fantastic Novels

作者：時雨沢惠一　插畫：黑星紅白

蓮能順利跟伙伴會合，
帶領他們贏得SJ5的冠軍嗎？

蓮在濃霧當中偶然遇見帶領ZEMAL於第四屆SJ獲得冠軍的謎樣玩家：碧碧之後，決定暫時跟她攜手合作來撐過死鬥。在勁敵老大與大衛也加入之後，好不容易才湊齊了陣容，這時使用槍榴彈發射器的不可次郎出現，毫不留情地射殺了碧碧的隊友……

各 **NT$220~350/HK$73~117**

國家圖書館出版品預行編目資料

因為不是真正的夥伴而被逐出勇者隊伍，流落到邊境展開慢活人生 / ざっぽん作；李君暉譯. -- 初版. -- 臺北市：臺灣角川股份有限公司，2023.10-
冊；　公分. -- (Kadokawa fantastic novels)
譯自：真の仲間じゃないと勇者のパーティーを追い出されたので、辺境でスローライフすることにしました
ISBN 978-626-378-006-4(第12冊：平裝)

861.57　　112013213

Kadokawa
Fantastic
Novels

因為不是真正的夥伴而被逐出勇者隊伍，流落到邊境展開慢活人生 12

（原著名：真の仲間じゃないと勇者のパーティーを追い出されたので、辺境でスローライフすることにしました 12）

2023年10月25日　初版第1刷發行

作　者：ざっぽん
插　畫：やすも
譯　者：李君暉

發行人：岩崎剛人
總編輯：蔡佩芬
編　輯：楊芫青
美術設計：李思穎
印　務：李明修（主任）、張加恩（主任）、張凱棋

發行所：台灣角川股份有限公司
地　址：104台北市中山區松江路223號3樓
電　話：（02）2515-3000
傳　真：（02）2515-0033
網　址：www.kadokawa.com.tw
劃撥帳戶：台灣角川股份有限公司
劃撥帳號：19487412
法律顧問：有澤法律事務所
製　版：巨茂科技印刷有限公司
ISBN：978-626-378-006-4